La verdad

Por Tanya Lloyd Kyi

Traducido por
Queta Fernandez

orca soundings

Orca Book Publishers

Library and Archives Canada Cataloguing in Publication

Kyi, Tanya Lloyd, 1973-

[Truth. Spanish]
La verdad / written by Tanya Lloyd Kyi ;
translated by Queta Fernandez.

(Orca soundings)
Translation of Truth.
ISBN 978-1-55143-977-8

I. Fernandez, Queta II. Title. III. Series.

PS8571.Y52T7818 2008   jC813'.6   C2008-901499-5

Summary: When a prominent local adult is killed at a teen
house party, the whole school seems to know who is to blame,
but no one will go to the police.

First published in the United States, 2008
Library of Congress Control Number: 2008923638

Orca Book Publishers gratefully acknowledges the support for its publishing
programs provided by the following agencies: the Government of Canada
through the Book Publishing Industry Development Program and the Canada
Council for the Arts, and the Province of British Columbia through the BC
Arts Council and the Book Publishing Tax Credit.

Cover design by Lynn O'Rourke
Cover photography by Getty Images

ORCA BOOK PUBLISHERS
PO Box 5626, STN. B
VICTORIA, BC CANADA
V8R 6S4

ORCA BOOK PUBLISHERS
PO Box 468
CUSTER, WA USA
98240-0468

www.orcabook.com
Printed and bound in Canada.
Printed on 100% PCW recycled paper.

Para Min Trevor Kyi, con amor.
TLK

Agradecimientos:

La autora quiere agradecer a S.L.
(alias "the boss") y a Susan Adamson
por sus consejos y estímulos.

Tanya Lloyd Kyi vive con su esposo en Vancouver, Canadá. *La verdad* es su primera novela. Le gustaría escribir otra, pero tiene las manos cansadas de jugar *frisbee* y de aprender a hacer *wheelies* (parar la bicicleta en la rueda de atrás) en su bicicleta todo terreno. Tiene la ilusión de algún día ser lo suficientemente responsable para tener un perro.

Capítulo uno

Son las tres de la mañana y la policía está frente a mi puerta.

Miro desde arriba de la escalera cómo mi papá camina dando tumbos por la casa mientras se pone la bata a cuadros. Enciende la luz de afuera y con los ojos entrecerrados mira por la ventana. Sacude la cabeza por la sorpresa. Se apresura a abrir la puerta y se golpea el dedo gordo del pie en la alfombra de la entrada. Saluda al policía parado en un pie, como un flamenco gigante.

El policía no sonríe.

—¿Es usted el doctor Forester? —pregunta—. Soy el oficial Wells. Quisiera hablar con su hija brevemente.

—¿Con Jen?

—Ha ocurrido un accidente en la casa de los Klassen. Espero que ella pueda responder varias preguntas.

Yo estoy completamente despierta. Cuando llegué a la casa me metí en la cama y fijé los ojos en el techo. He pasado las últimas dos horas preguntándome si sonaría el timbre de la puerta.

—¿Qué tipo de accidente? —pregunta mi padre—. ¿Tiene Jen algo que ver con eso? ¿Está usted seguro?

Cuando finalmente tiene la oportunidad de responder, el policía responde calmado, pero firme.

—Su hija no tiene necesariamente que estar relacionada con el accidente, señor. Estamos interrogando a todos los que estuvieron en la casa de los Klassen esta noche.

No quiero oírlo describir el accidente. Sin esperar a que mi padre me llame, comienzo a bajar las escaleras. Por un momento pienso que voy a vomitar, pero respiro profundamente y trato de lucir soñolienta y confundida.

Mi padre nos señala la mesa del comedor. Luego, entra en la cocina para hacer café. A pesar del ruido de las cucharas y las tazas yo sé que él nos está escuchando.

El oficial Wells se inclina sobre mí. Siento como si la televisión me hubiera tragado dentro de un programa de *Law and Order*. Casi me echo a reír y entonces siento otra vez que voy a vomitar. Me digo que tengo que calmarme. "Respira. Esto no es tan fácil como parece en esos programas de crímenes". Las barras del uniforme, el garrote en el cinto y su aliento a café son intimidantes.

—Señorita Forester, estamos ante un caso muy serio. Estoy seguro de que no tengo que decirle cuán importante es que sea completamente honesta.

—Por supuesto.

Sólo pienso en cosas tranquilizadoras. Sigo respirando. Tengo un aspecto completamente inocente. Soy rubia y creo que de algo sirve. Abro grande los ojos y miro directamente al oficial Wells. Esta táctica funciona perfectamente con mi profesor de matemáticas.

—¿Estuviste esta noche en la fiesta de la casa de Ian Klassen?

Respondo que sí con la cabeza.

—¿Me puedes contar cómo fue?

—Georgia Findley y yo fuimos juntas. Otra amiga nos llevó hasta allí. Ella tenía que estar en su casa antes de las once y no se quedó. La fiesta no estaba tan buena. Lo que hicimos la mayor parte del tiempo fue sentarnos en la cocina y hablar toda la noche. Jerome me trajo a casa.

—¿A qué hora te fuiste? —me pregunta.

—Cerca de la una menos cuarto. Tengo hora fija para llegar a casa —digo mientras señalo para la cocina con la cabeza en señal de explicación. Aún podemos escuchar a mi padre trajinando.

—¿Y quién es Jerome?

—Jerome Baxter es mi novio.

Toma nota de todo lo que hablamos. Entonces me pregunta si conozco a Ted Granville.

—No creo. ¿Por qué?

—Es alto, pelirrojo, cerca de 40 años. ¿Viste esta noche alguna persona en la fiesta con esas señas?

—No. ¿Qué pasó?

—Lo golpearon de mala manera. Es posible que no sobreviva.

Ya me lo esperaba, pero puse cara de sorprendida. No es completamente incierto.

—La mayoría éramos jóvenes. Yo estuve en la cocina la mayor parte de la noche y no cerca de la puerta. No vi entrar a nadie como esa persona.

Lo que le digo al oficial Wells es la verdad, mientras él se me acerca como si fuéramos amigos de hace tiempo. Técnicamente, todo lo que le digo es la verdad.

En realidad, hay mucho más que eso. Yo subí las escaleras con todo el mundo después de que Candi Bherner bajó dando gritos. No esperábamos nada especial. Candi es menor que yo y no la conozco muy bien, pero es muy aparatosa. Un ratoncito la pudo hacer gritar de esa manera.

Pero no fue un ratón. Fue un hombre pelirrojo tirado en el suelo del cuarto de los padres de Ian, con un brazo en alto como si se hubiera caído de la cama. Tenía el brazo torcido y la parte de atrás de la cabeza ensangrentada.

"Respira," me digo a mí misma mientras tamborileo con las uñas en la mesa del comedor. "No pienses en eso. Si te pones a recordarlo, el oficial Wells se puede dar cuenta. Él no sabe nada y no te ha venido a buscar a ti." Hago que mis dedos paren.

Es verdad que el oficial Wells no sabe nada. Parece un poco despistado, y con aspecto agotado recorre el comedor y la sala con los ojos.

Las dos habitaciones son horriblemente feas. Tan feas que una vez me apunté para un concurso de esos que te redecoran la casa, que apareció en una de las revistas de la mamá de Georgia. No tuve suerte. La casa sigue siendo abominable. Me puedo imaginar a mi mamá y a mi papá decorándola juntos cuando se mudaron a la casa. Los puedo ver escogiendo la alfombra de color herrumbre, los paneles de madera y el sofá con el forro de ruedas de carreta. Seguro pensaron que estaban súper a la moda. Eso fue en los años setenta. Yo nací en los ochenta. Mi mamá se fue en los noventa. Los paneles de madera y las ruedas de carreta aún sobreviven.

El oficial Wells no puede más con la decoración. En el momento en que mi papá termina de hacer el café, el oficial se pone de pie, nos da la mano a los dos y se prepara para marcharse.

—Si necesitara más información, me pondré en contacto con ustedes.

La fiesta en casa de Ian fue lo más emocionante que pasó por la escuela desde aquella vez en que el maestro de Ciencias fue acusado de agresión. Empujó a su ex esposa contra una mesa en uno de los dos únicos bares del pueblo. Eso fue hace dos meses.

La floreciente metrópolis de Fairfield (habitantes: 5,000; cosas que hacer: 0) está en un valle. Estamos a más de una hora del centro comercial más cercano y a dos horas del pueblo más cercano con cine. Cerca de tropecientas horas de algún lugar de interés: *Sticksville, Columbia Británica*. Mi papá nació en Vancouver. Él dice que mi mamá se mudó para aquí porque ellos querían criar a sus hijos (resulté ser yo sola) en un lugar tranquilo. Bueno, éste lugar es definitivamente tranquilo. Tan tranquilo, que todos los habitantes se podrían morir mientras duermen y el mundo nunca se enteraría.

En el verano nos entretenemos con fiestas campestres. Los chicos cargan madera en la cama de un camión, se dirigen a un pedregal cerca del río y hacen una fogata. Luego, se corre la voz, generalmente en el *7-Eleven* o en el aparcamiento. Metemos botellas de vodka en los paneles laterales del viejo Honda de Georgia (la parte plástica del tirador de la puerta se cae todas las veces) y nos vamos en busca de la fiesta.

En eso consisten nuestros veranos. En el invierno, alquilamos películas (bostezo), conversamos en *Willie's Chicken* hasta que cierra a las once de la noche (doble bostezo) y básicamente tratamos de luchar contra el aburrimiento. Así que cuando mencionaron que los padres de Ian se iban a pasar dos semanas en México en noviembre, comenzamos a revolotear alrededor de Ian como un enjambre de abejas. Ross Reed se pasó la semana entera anunciándole la fiesta a la gente aun antes de que Ian la aprobara. El pobre Ian es una de esas personas buenas de la que los demás abusan. No pudo hacer mucho.

Ross organiza las mayoría de las fiestas en Fairfield. Conoce a todo el mundo. Dondequiera que va, la fiesta va con él. Yo creo que su vida se compone de levantar pesas y de tomar cerveza. A lo mejor es hereditario. Todo el mundo sabe que su mamá se murió de una sobredosis de pastillas después de que su papá los dejó. Ahora Ross vive con su abuela.

Hay rumores de que Ross y algunos de sus amigos usan esteroides. Posiblemente es verdad, porque se pasan demasiado tiempo en el gimnasio. Nate está en el equipo juvenil de hockey y dice que quiere llegar a las ligas mayores. Ross no practica ningún deporte. Yo creo que a él todo lo que le gusta es verse musculoso. Camina como un pesista, con los brazos separados del cuerpo como si quisiera acercarlos a su cuerpo pero los músculos no se lo permitieran.

El verano pasado, en una de las fiestas, buscó pleito con el primo de alguien que estaba de visita de Okanagan. Después de aguantar por un buen rato los abusos de Ross, el chico le dio un buen golpe que hizo que la cabeza se le virara. Ross se recuperó y le fue arriba. De pronto, el chico de Okanagan perdió el equilibrio y fue a parar al fuego. Alguien lo rescató de las llamas y otro lo llevó al hospital. Oí que sus padres habían llamado a la policía y que los policías habían interrogado a Ross. Pero no pasó nada. Así sucede siempre con Ross. Siempre se sale con la suya.

La tarde después del incidente del fuego, estábamos un grupo en casa de Georgia, holgazaneando, sin nada que hacer. Jerome estaba allí también (por aquella época empezábamos a salir juntos) y Nate y Ross. Georgia le dio a Ross una bolsita de té tibia para que se la pusiera en el ojo hinchado y morado como resultado de la pelea. Ross tomó una bufanda negra de detrás de la puerta del cuarto de Georgia y se la puso en la cabeza para sostener la bolsita de té. Cuando la mamá de Georgia regresó de un juego de golf, Ross se pasó toda la tarde hablando como un pirata para no tener que quitarse la bufanda y revelar su ojo morado. Decía que Jerome era su loro. A pesar de que el pobre muchacho de Okanagan tenía quemaduras de tercer grado en una de las piernas, no fue difícil, como siempre, perdonar a Ross.

Esto es lo que me pasa por la mente mientras estoy sentada en la mesa, después de que el oficial Wells se ha marchado. Mi papá está sentado frente a mí.

—¿Bueno?

Me es muy difícil mentirle a mi papá. Levanta las dos gruesas cejas y me mira de la misma manera que yo sé que mira a sus pacientes en la consulta: con una mezcla de compasión y autoridad.

—Anoche le dieron una pateadura a un hombre. Yo no lo conocía ni vi quién lo hizo. Georgia y yo nos enteramos de lo que había pasado y nos fuimos.

—Ted Granville es el administrador del *Credit Union* —me dice. Lo que prueba que estuvo escuchando toda la conversación.

—¡Qué raro! —digo—. No sé qué hacía él en la fiesta.

Mi papá asiente con lentitud.

—Mañana quédate en casa. No te quiero de un lado para otro por el pueblo —dice—. Y así duermes un poco.

¡Ni que pudiera!

Capítulo dos

Ted Grandville se murió. El primer grupo que me encuentro cuando llego a la escuela el lunes por la mañana está hablando sobre el asesinato. El segundo grupo, también. Y el tercero. Cuando llego a mi taquilla ya había escuchado: a) todo el mundo en la fiesta estaba usando drogas, ácido, se volvieron locos y mataron a Ted Granville entre todos; b) Ted Granville quiso terminar la fiesta y se apareció con una pistola y tres chicos lo mataron a golpes en defensa propia; y c) Ted Granville se volvió loco, saltó del balcón del segundo piso y se partió el cuello contra el pavimento de la entrada del garaje. Creo recordar que la casa de Ian no tiene balcón.

Mi única fuente confiable es Georgia, porque su mamá conoce a la señora Granville. Ella se pasó todo el fin de semana en casa de los Granville ayudándola a cuidar los niños.

—¿Te enteraste? —me pregunta Georgia en cuanto me ve.

—Ya he oído un millón de rumores —le digo—, pero parece que nadie sabe realmente qué fue lo que pasó.

Como siempre, Georgia luce como una estrella de cine atrapada por accidente en una secundaria. Cabellos rojos perfectamente peinados, arete en el ombligo, pantalones vaqueros por la cadera y una sombra roja alrededor de los ojos. Obviamente, estuvo llorando. Cuando yo lloro, luzco como si me hubiera arrollado un camión. Qué injusta es la vida.

Suspira delicadamente.

—Dice mi mamá que murió en la ambulancia de camino al hospital. Daño cerebral masivo.

—¿Viste la sangre en el suelo?

Dice que sí con la cabeza mientras hace una mueca.

—Si cierro los ojos, todavía lo puedo ver.

—¿Qué hacía él en esa fiesta?

—Dice mi mamá que él era amigo de la familia. Los padres de Ian le pidieron que cuidara de la casa.

Suena la campana de la escuela y no tenemos más tiempo para hablar.

Ya en mi clase, oigo que hay una asamblea con el director, el señor Seorgel, más conocido por *esnórquel*. No es de sorprenderse. Me alegra saber que yo no soy quien cubre las asambleas para el nuevo programa de noticias. Usualmente son un festival del sueño, con gente quedándose dormida.

Varios años atrás, una de las maestras obtuvo permiso para poner un programa de noticias y deportes de una hora, hecho todo por estudiantes, en el cable de Fairfield. Sale al aire una vez a la semana y todos los alumnos lo ven, posiblemente para enterarse de todos los chismes.

Yo trabajé en el programa el año pasado. Este año, soy una de las reporteras principales. Mis casos importantes este año son:

¿Han aumentado los casos de hurto en las tiendas?

Travis Trabajo. Los buenos, los malos y el dinero en efectivo.

Testimonio. Un día en la vida de una estrella de basquetbol en Fairfield.

El proceso de investigación para el último programa fue muy divertido. La tutora, la señorita Chan, dice que yo necesito hacer trabajos de temas más serios. "Busquen la verdad," dijo hace unas cuantas semanas. En aquel momento, la idea de que en Fairfield hubiera noticias reales me pareció risible.

Mientras me deslizo entre el tumulto de la asamblea, veo a Jerome que viene hacia mí. Es alto, de poco más de seis pies, y con el pelo claro, rubio claro. Es fácil distinguirlo, y también da gusto mirarlo. La primera vez que me invitó a salir, la primavera pasada, me emocioné tanto que se me quedó una sonrisa permanente en la cara por una semana.

—¿Fue la policía a tu casa?

—A las tres de la mañana —le dije—. Me moría por llamarte ayer, pero mi papá decidió que era el día perfecto para compartir un tiempo valioso con su hija. Fue un día aburrido y largo, larguísimo. ¿Hablaron contigo?

—Sí. Mi mamá se volvió loca. ¿Qué fue lo que les dijiste?

—En realidad, nada. ¿Y tú?

—Lo mismo. Tampoco me parecieron muy listos que digamos. Los policías son o malos o estúpidos.

—¿Tú crees?

—¿Te acuerdas del año pasado cuando Ross estaba manejando borracho y trataron de pararlo? Les sacó tremenda ventaja y finalmente se escapó. Luego, llamó a su abuela por teléfono y le dijo que un tipo le había robado el carro. Ella le creyó el cuento y la policía también. O por lo menos no pudieron probarle nada.

Ya estábamos en el gimnasio y el director tenía el micrófono en la mano. Cuando logra que todo el mundo esté en silencio dice algo como: "Tragedia sin precedentes…sentido pésame para familiares y amigos…la policía está investigando…total cooperación."

Jerome se inclina sobre mí en medio del discurso y me dice:

—Escucha. Ross teme que la policía va a cogerla con él por culpa de la pelea del verano pasado. Manténte como si nada. ¿Está bien?

—Por supuesto.

Cuando pienso en eso me doy cuenta de que Ross estaba en la fiesta, pero que no recuerdo haberlo visto después de ver al hombre en el suelo. Posiblemente yo estaba en estado de *shock*. Trato de recordar quién estaba conmigo en el cuarto. Candi bajó las escaleras gritando. Georgia subió corriendo conmigo. Ian estaba allí, más pálido que un fantasma. Me imagino que explicarles a tus padres lo que hace una persona muerta en su habitación es peor de que se enteren que hiciste una fiesta sin su permiso.

¿Quién más? Jerome. Sé que había otras personas, pero las recuerdo como en una bruma. Nate fue el que tomó control de la situación. Entró, y en cuestión de segundos, el mundo comenzó a moverse de nuevo. Mandó a Ian a llamar al 911 y les dijo a todos los demás que se fueran. Eso fue lo que él hizo. Y rápidamente.

—Oye. Dile a Gloria lo mismo. ¿Me entiendes?

Yo asentí como ausente. El oficial Wells toma ahora el micrófono. Es mucho más alto que el director y tiene problemas para ajustar el micrófono. Trata de inclinarse para hablar y mirar a las gradas al mismo tiempo.

Nos dice la importancia de obtener cualquier tipo de información en los próximos días y que toda información será de carácter confidencial, etc. Suena sospechosamente parecido a mi papá cuando me da su acostumbrado discurso semanal: "Si alguna vez necesitas que te recoja, sólo tienes que llamarme. No haré ninguna pregunta." ¿Quién le va a creer semejante cosa? Ni mi papá, que es súper chévere, me puede venir con esa.

Después de la asamblea, Georgia se me acerca en el pasillo.

—Oye —me dice—. Estuve hablando con Nate y me pidió que actuáramos cómo si nada hubiera pasado. No hablar de eso con nadie en la escuela y tú sabes qué más.

Levanté los hombros.

—Sí, seguro. Jerome me dijo lo mismo.

Lo que sucedió el resto de la mañana no tiene importancia. Atiendo a las clases hasta la hora de almuerzo. Entonces me acuerdo de que tengo una reunión con el grupo de reporteros.

En una escala del 1 al 10, donde el 10 es super cheverísimo y el 1.5 más o menos tan chévere como la maestra promedio, le doy un 8 a la señorita Chan. Ella es la maestra tutora del programa de la tele *Juego limpio*. El programa sale en el cable local de Fairfield todos los viernes después de las clases. Se supone que el programa es de noticias, con un locutor que presenta a diferentes reporteros, en vivo. Generalmente se presenta un reportaje y un par de cortos.

Antes de trabajar como maestra, la señorita Chan fue reportera en Ontario. Me la puedo imaginar, fácilmente, con una grabadora en una mano y un micrófono en la otra detrás de un abogado escaleras abajo, a la entrada de la corte, para pedirle un comentario. Ella tiene el tipo perfecto para estar en la tele. Tiene el pelo negro y corto, ropa elegante y zapatos de tacón que suenan cuando camina por la sala.

La sala de publicidad es, en realidad, una oficina que queda detrás del aula de la señorita Chan. Hay unas cuantas sillas, un par de mesas grandes y dos computadoras donde hacemos la edición de nuestros vídeos.

En las reuniones de los lunes, nos dividimos el trabajo. Esta semana tenemos las noticias usuales de deportes, la presentación

de una maestra nueva de arte y un testimonio sobre si los cuchillas de afeitar de los
hombres y las de las mujeres son, en realidad,
iguales. La programación principal trata sobre
el asesinato. Esa es mía.

Me siento por un minuto después de la
reunión para organizar mis pensamientos.
¿Qué es lo que más me interesaría saber si
yo estuviera oyendo las noticias? Me gustaría
saber si el oficial Wells se va a aparecer en
mi casa de nuevo. Y cómo es que hacen una
investigación criminal. Y lo principal: quién
fue el asesino.

Esa idea me paraliza. Es como si yo me
hubiera estado negando a pensar en eso desde
el sábado por la noche. Ahora, hay un signo de
interrogación gigante en mi libreta de notas que
salta a mis ojos. ¿Quién mató a Ted Granville?
Yo estaba allí, yo debía poder darme cuenta.
Y aun más, ya yo lo debería saber.

Hay personas que siempre son las últimas
en enterarse de las cosas. No yo. Yo siempre
soy la primera. Es que paso mucho tiempo en
el teléfono o que tengo un sentido superde-
sarrollado para el chisme. Creo. Me encantan
los secretos. Cuando la mamá de Georgia
salió en estado el año pasado (¿te imaginas

salir en estado a los cuarenta y cinco años?) yo fui la única, además de Georgia, que lo supo por tres meses completos. Cuando la chica de décimo grado se mudó, ¿quién fue la primera en enterarse de que los vecinos pensaban que su papá era del KKK? Yo. A pesar de que resultó ser mentira. Eso es parte de mi vocación de periodista. Tengo que olerme las cosas y comprobar si son verdad.

Entonces, ¿por qué no sé la verdad en este caso?

Cuando terminé de hacerme mil preguntas, todo el mundo con excepción de Scott Rich, el mejor camarógrafo que tenemos, se había ido.

Scott no es un tipo común. En realidad, es un tipo muy interesante. Está sólo en onceno grado, pero su manera de pensar es más como la de un filósofo antiguo que vive en una cueva. Tiene el pelo crespo y largo, por los hombros, que lleva la mayor parte del tiempo en un coleta, y parece que nació con una cámara. Dice que él no es más que un observador de la naturaleza humana. Lo juro, es un maestro Zen con sólo dieciséis años.

El otro día estábamos todos conversando en el patio de la escuela, durante la hora del almuerzo, y Georgia y Nate estaban discutiendo sobre lo que era, realmente, la música "suave".

—Melancolía —fue la respuesta de Georgia.

—Tú quieres decir música zonza de "mi novio me dejó" —dijo Nate—. No, eso no. Lo que lo determina es el tempo.

Entonces, vieron a Scott cerca de la puerta y le pidieron su opinión sobre el tema en debate.

Ladeó la cabeza por un segundo y dijo:

—Pasividad.

Y con la misma se fue. Todos se quedaron sentados asintiendo.

De todas formas, siempre resulta interesante trabajar con Scott. Por una parte, me pone un poco nerviosa. Porque puede que yo no esté a la altura de su visión del mundo. Por otra, ve las cosas desde un ángulo, que si no fuera por él, no me las habría imaginado.

Nos pusimos de acuerdo para caminar hasta la casa de Ian, "la escena del crimen", después de las clases. Scott puede hacer unas tomas y yo puedo acribillar a preguntas a cualquier investigador que esté por allí.

Por suerte, el primer oficial de la policía que veo es a Dave McBride. Él juega tenis con mi papá durante los veranos. Va en camino a su auto. Me alegro de haberlo encontrado afuera, porque en realidad, yo no quiero tocarle el timbre a los señores Klassen. No creo que estén en la mejor disposición en estos momentos.

—Oficial McBride —lo llamo, y Scott me sigue mientras me acerco al auto de la policía—. ¿Me puede usted dar cualquier información sobre el curso de la investigación? Estoy desarrollando la historia para el programa de noticias de la escuela.

—¡Hola, Jen! —me saluda con una amplia sonrisa—. No sé cuánto puedo decirte. Deberías llamar al departamento y ellos te pondrán en contacto con la persona encargada de la prensa.

—¿Y qué podría decirme?

—Bueno, información general. La víctima se llama Ted Granville, banquero local, de 43 años de edad, padre de dos niños en edad escolar. El departamento de policía está poniendo todos sus recursos en la investigación.

—¿Y qué implica eso? —le pregunto—. ¿Cómo es que conducen la investigación? Yo pensé que este lugar estaría lleno de policías, pero veo que usted es el único aquí.

—Mientras más policías, mayores las posibilidades de contaminar la escena del crimen. Pasé por aquí sólo para asegurarme de que todo marcha bien, pero ya hay un investigador dentro de la casa haciendo el verdadero trabajo.

—¿Y cuál es ese trabajo?

—Tomar fotos de todo, tomar notas de las manchas de sangre y de la posición del cadáver. Buscar señales de violencia y recolectar la mayor cantidad de evidencia posible.

—¿Hay alguna evidencia que señale a un posible asesino?

Aguanto la respiración.

—Lo siento. No puedo darle esa información a la prensa.

—¿Y si fuera extraoficialmente? —le digo, con la esperanza de que funcione. Le echo una mirada a Scott. Me entiende y se aleja caminando, apuntando la cámara en dirección a la casa.

—En realidad, yo no debería estar hablando de estas cosas... —dice. Sin embargo, detecto una señal de que se rinde a mis preguntas.

Rápidamente pienso en qué decir.

—Por supuesto, yo nunca revelaré lo que usted me diga. Pero yo siempre veo los programas de policías en la televisión y es increíble la forma en que buscan evidencias.

¿Me estoy pasando de lista? Aguanto la respiración.

—Es un arte —afirma el oficial McBride.

—Es fascinante. ¿Podría darme un ejemplo?

Mis pestañas nunca batieron a tanta velocidad en toda mi vida.

—¿Hipotéticamente? —pregunta el oficial McBride.

—Pues, claro.

—Bueno, podríamos detectar parte de una huella de una bota en la sangre de la escena del crimen. La podemos comparar con las huellas que tenemos en archivo, y darnos cuenta de que no es zapato común.

—¡No lo puedo creer! ¿Es eso lo que ha sucedido en este caso? ¿Ustedes han encontrado una huella singular? —trato de que no se me note la emoción en la voz.

El oficial McBride parece sentirse incómodo.

—Yo hablaba hipotéticamente —dice—. Y por favor, ni una palabra de esto a nadie.

—Doy mi palabra de *Muchacha Scout* —le digo (lo que en realidad no cuenta, porque renuncié después de tres semanas vendiendo galletitas).

Alcancé a Scott, y ya preparaba la retirada, cuando un segundo oficial salió de la casa y se dirigió a nosotros.

—Oigan, chicos, ¿qué andan buscando? —nos pregunta. Es alto y fuerte como el típico policía. Scott parece un fideo al lado de él.

—Sólo estamos tomando algunas imágenes para el programa de noticias de la escuela.

Se inclina sobre nosotros y nos dice:

—Espero que ninguno de ustedes tengan algo que ver con esto.

Negamos con la cabeza en perfecta sincronización.

—Prepárense si yo me entero de lo contrario.

Sonreímos como si lo que él hubiera dicho fuera un chiste, pero no nos devuelve la sonrisa. Da media vuelta y da grandes pasos en dirección al auto donde está el oficial McBride.

—Viaje fructífero —dice Scott para resumir mientras nos alejamos.

Cuando llego a casa, no quiero saber ni una palabra más sobre policías. Ya he tenido bastante. Así y todo, llamo a la estación y la recepcionista me envía un fax a la oficina que mi padre tiene en el sótano, con las últimas noticias sobre el caso. Comienzo a echarle un vistazo y decía exactamente lo mismo que el oficial McBride nos había dicho. De pronto, algo me llama la atención.

"En este momento, el departamento está investigando la posibilidad de que más de una persona estuviera involucrada en el ataque."

Capítulo tres

Esto es lo que dice mi diario sobre el horroroso jueves:

8:15 a.m.
La locura de Georgia con Nate, unas veces lo odia otras lo ama, está definitivamente en fase de amor, por el momento. Yo, por mi parte, no le veo nada de atractivo a una camiseta de hockey, pero esta chica está obsesionada. Trato de hablar con ella sobre el asesinato, antes de que suene la campana de

la escuela, pero no me está prestando ninguna atención. Está mirando el pasillo de arriba a abajo, buscando a Nate.

—Almorzamos juntos en el patio la semana pasada, pero esta semana trata de evitarme todo el tiempo —protesta.

—No sé lo que le encuentras —le digo—. Dice Jerome que Nate está usando esteroides. Posiblemente no pueda tener una erección. ¿Sabes que eso le sucede a los que usan esteroides?

—Ah, ¿acaso eres tan experimentada en ese terreno?

Ahí sí que no puedo responder. Jerome espera que las cosas se pongan candentes entre nosotros, y yo no he logrado tomar una decisión al respecto.

—Aunque él pueda tener una erección o no, no deberías caerle atrás como una perrita faldera. Él no vale tanto.

—Yo no lo estoy persiguiendo.

Le dirijo una mirada y se da cuenta de que ni ella se cree lo que acaba de decir.

—Escucha. Nate no es uno de esos que habla mucho, pero cuando abre la boca, todo el mundo le presta atención, porque saben que lo que dice es importante.

Vale, eso es verdad. Especialmente cuando pienso en la forma en que Nate tomó control de la situación en la fiesta. Antes de poder decírselo a Georgia, Nate se aparece, y ella me deja con la palabra en la boca para irse dando saltitos detrás de él. Me imagino que para escuchar sus sabias palabras.

8:25 a.m.
¡Qué alivio estar sola por unos minutos! Las dos noches pasadas me quedé despierta hasta tarde escribiendo el guión. Resultó ser un resumen de los hechos. Lo usual: quién, qué, cuándo y dónde. Con la excepción de que el "quién" no es quién cometió el crimen, sino quién fue asesinado.

Me deslizo y me siento en el suelo, recostándome en la taquilla. La situación se hace más real con cada nueva oración que escribo. Un hombre ha muerto. Fue asesinado. Está muerto. El dolor de estómago que tuve la noche de la fiesta ha regresado permanentemente.

A medida que el asesinato se hace más real, el ambiente en la escuela es más surreal. Todo el mundo ha comenzado de nuevo a conversar, reír y, en el caso de Gloria, a perseguir a los chicos, como si nada hubiera pasado.

Cierro los ojos por un minuto. Los abro porque siento a alguien parado frente a mí.

—Hola, Jen.

Es Ross, con el pelo aún mojado de la ducha. Se pone de cuclillas frente a mí y sus rodillas me quedan una a cada lado. Pone las manos en la taquilla a la altura de mis hombros para mantener el balance. Me tiene acorralada y está tan cerca que puedo oler el desodorante que lleva.

—¿Qué pasó en la pelea de la casa de Ian, eh?

¿Pelea? Asiento, a pesar de saber que aquello estuvo bien lejos de ser una simple pelea. Suena la campana y todo el mundo empieza a dirigirse a sus respectivas clases.

—¡Pobre Ian! Está castigado permanentemente. A lo mejor lo perdonan cuando cumpla cuarenta años.

Esta vez le sonrío por obligación, pero siento una sensación extraña. Ross y yo nos tratamos amistosamente, pero no hablamos mucho. Él es más amigo de Jerome que mío. Ahora me está acosando.

—Tengo que irme a clases.

—Tienes tiempo de sobra. Tranquilízate —dice y se me acerca aun más.

—Jerome me dijo que estás escribiendo un reporte sobre la situación.

—Sí. Para el programa de la escuela.

—¿Hay algo que yo debería saber?

—Eso depende. ¿Eres corresponsal de noticias? Un periodista nunca revela sus fuentes, ¿lo sabías?

Estoy bromeando. Ross ya me está empezando a molestar, pero de veras estoy bromeando. Por la mirada que me echa sé que él está hablando completamente en serio.

—Digamos que soy un miembro de la audiencia interesado en el asunto.

—El reporte consiste en los hechos dados oficialmente por la policía. ¿Estuviste allí? No creo haberte visto después de lo que pasó.

Niega con la cabeza.

—Me piré temprano. Me enteré de que había otra fiesta.

—Entonces, ¿por qué te importa tanto?

—Es que no quiero ningún problema. Me tengo que ir.

Se incorpora y corre por el pasillo hasta que veo sus largas piernas desaparecer por la esquina. Me admiran sus "buenos" modales. Suena la última campana avisando a clases y yo sigo sentada en el pasillo. Suspiro. Me levanto y me dirijo a la dirección. Necesito un pase para entrar a clases. Estoy tarde.

Mediodía

El día empeora gradualmente. Almuerzo sin ningún amigo. Georgia se va atrás de Nate. Jerome dice que tiene algo que hablar con Ross y desaparece. No tengo ni la oportunidad de contarle la forma extraña en que se comportó Ross esta mañana. Sin nada más que hacer, me dirijo a la clase de publicidad. La señorita Chan me pregunta cómo va lo que estoy haciendo.

—Muy bueno, Jen. Aquí aparecen todos los hechos. Pero creo que falta el elemento humano. ¿Qué opinión tienen los vecinos de Ted Granville? ¿Era conocido en Fairfield? ¿Y qué tal agregar algunos comentarios de los que asistieron a la fiesta? No estoy diciendo que esta historia no esté buena para salir al aire —continúa diciendo—. Lo está. Pero vamos a revisarla la semana que viene con ambas cosas, los hechos reales, y la reacción de algunas personas. ¿Te parece bien?

Asiento. Especialmente con la intención de que se acabe de ir. Ella es maravillosa, pero hoy, comprobado, todo lo que diga o haga me va a salir mal.

2:30 p.m.

Anoche me olvidé de leer lo que tenía asignado, así que fallo en el cuestionario que nos da el señor Johnson sobre *Macbeth*. En represalia, me hace leer parte del quinto acto.

El señor Johnson lee la parte donde el doctor va a observar cómo Lady Macbeth camina en sueños. Yo debo leer la parte de Lady Macbeth. Parece que después de tramar e intrigar con su marido, finalmente siente remordimientos. Dando tumbos, sonámbula, cree que tiene sangre en las manos: "Fuera, fuera, sangre maldita. Bórrate endiablada mancha de sangre. Bórrate, te digo." Después de un par de minutos, me adentro en el personaje. Me froto las manos como si me apestaran.

Y ahora es cuando el día se pone horrible. De pronto, estoy convencida de que la clase entera piensa que yo maté a Ted Granville. Algo impensable. Completamente infundado. La mitad de la clase ni sabe que yo estuve en esa fiesta. Me digo: Cálmate. Pero alguien en la sala tose y veo cómo dos chicas en la fila de enfrente se miran una a la otra. Estoy convencida de que todos están pensando lo mismo. Culpable. Culpable. No puedo quitarme la idea de la cabeza y me equivoco. Luego, digo que tengo que ir al baño, agarro mis libros y salgo corriendo de la clase.

Me estoy volviendo loca.

3:30 p.m.
Los últimos avisos nos los dan en la clase de Educación Física: En la dirección hay mensajes para bla, bla, bla, bla, bla, bla, Jen Forester, bla, bla, bla...

El mensaje para mí es de la consejera de la escuela. Dice que debo ir a su oficina si en algún momento necesitara hablar con alguien.

4:00 p.m.
Por lo menos, la consejera me ha dado la opción de no ir. La policía, el oficial Wells y el investigador que yo vi en la escena del crimen tocaron a mi puerta poco después de llegar a casa. Quieren que vaya a la estación de policía a hablar con ellos. Me parece que no tengo otra opción.

Me siento como una criminal sentada en el asiento trasero del auto de la policía con el cristal ese frente a mí y con las puertas que no abren desde adentro. Por lo menos no me pusieron las esposas. Cuando llegamos a la estación, me dejan sola en un cuarto sucio y feo. Aparentemente, mi papá está en camino para encontrarse conmigo.

Después de esperar por largo rato, los tres entran. Mi papá me mira preocupado, pero me aprieta la mano y se sienta junto a mí. El oficial Wells se sienta frente a nosotros. El otro oficial, que se llama Behnson, camina de un lado para otro. Él es el que hace las preguntas. Después de un rato, me marea mirarlo.

Le digo las mismas cosas que le dije al oficial Wells cuando vino a mi casa: estuve toda la noche en la cocina. Nunca vi a Ted Granville entrar a la casa. Jerome me llevó en auto a casa.

Cuando terminamos con la primera ronda, Behnson comienza a hacerme las mismas preguntas en diferente orden.

—Sólo para estar seguros —dice.

Ya lo creo. Lo que creo es que está tratando de confundirme. Dice las cosas al revés y estoy segura de que lo hace de propósito.

—¿Así que estabas en la sala la mayor parte de la noche? —me pregunta.

—En la cocina.

—¿Y el cuerpo estaba arriba?

—Me imagino.

—¿Nunca lo viste?

—No.

—Señorita Forester, ¿le sorprendería saber que otros testigos dijeron que usted estaba con ellos en el cuarto cuando descubrieron el cuerpo?

Me sorprende. Aunque no debiera. Por supuesto, ellos están interrogando a todos los que estuvieron allí. Debimos ponernos de acuerdo para todos dar la misma información. No puedo pensar con tanta gente mirándome directamente a la cara. Pongo la cabeza en la mesa por un momento.

—¿Jen, le mentiste a la policía anoche? —es mi papá el que pregunta ahora.

Levanto la cabeza y me encojo de hombros.

—Yo no sabía que estaba muerto. Sólo le dije la versión más simple de la historia. Yo esperaba que fuera todo una situación pasajera.

—Entonces mentiste —dijo Behnson.

Afirmé con la cabeza.

—¿Qué te hizo subir a la habitación?

—Candi bajó las escaleras gritando. Nosotros subimos para ver qué pasaba.

—¿Quienes estaban allí?

—Yo, Georgia, Jerome, Nate...y otra gente, pero no recuerdo.

—¿En ese momento, dónde estaba Ross Reed?

—Yo lo vi temprano esa noche, pero no creo que estuviera allí en ese momento.

—¿Estaba Ian Klassen?

—Sí. Estaba.

—¿Y...dónde estaba el cuerpo cuando lo viste?

—En el suelo del cuarto de los padres de Ian. Casi a la izquierda de la cama.

—¿Quién llamó a la policía?

—Ian. Nate le dijo que lo hiciera.

Mi papá se empieza a poner impaciente.

—Un momento. Jen cogió miedo y mintió. Pero está claro que ella no tiene nada que ver con el ataque.

—Por favor, señor Forester, sólo unas cuantas preguntas más. Jen, ¿Candi te dijo algo de lo que vio?

—No me dijo nada. Ella comenzó a gritar y nosotros subimos a ver lo que pasaba.

Continúan con las preguntas por otra media hora. Finalmente, cuando creo que la cabeza me va a explotar, paran.

—Si necesitamos más información, nos volveremos a poner en contacto.

Mi papá sale de la habitación primero que yo, mientras le dice algo al oficial Wells. Behnson me agarra por el brazo y me dice:

—Puede buscarse un problema muy serio, señorita. Si me entero que ha mentido de nuevo, vamos a investigar *detalladamente* cuál ha sido su participación en todo esto.

Salgo dando tumbos como en una nube. Mi papá parece estar mitad preocupado, mitad furioso, pero yo estoy demasiado cansada para preguntarle si está enojado conmigo o con los policías. El viaje a casa lo hacemos en completo silencio.

Capítulo cuatro

Jerome me da un beso frente a mi taquilla, como todas las mañanas, pero sólo se detiene por un segundo.

—Estoy apurado —dice—. No terminé la tarea de matemáticas y Nate me prometió que me dejaría copiar la última parte antes de entrar a clase.

—Está bien —le digo, a pesar de que casi no nos hemos visto en toda la semana—. ¿Todavía nos vemos esta noche?

Jerome y yo salimos juntos todos los viernes por la noche. Algunas veces vamos a una fiesta o la pasamos con Ross y Nate y las chicas idiotas con las que hayan decidido salir esa noche (lo de idiota no se le aplica a Georgia, obviamente). Otras veces nos quedamos en casa y vemos películas en la sala.

—¡Ay!, se me olvidó decirte, no puedo esta noche.

Veo a Georgia que viene caminando por el pasillo.

—¿Qué?

—Tengo que irme. Lo siento. Te llamo durante el fin de semana.

—¡Imbécil! —digo a mí misma. Doy media vuelta para abrir mi taquilla y choco con Georgia que estaba parada justo detrás de mí.

—Sí, imbécil —afirma—. Y Nate también lo es.

—¿Y qué fue lo que pasó ahora?

—Lo mismo de siempre. Ayer nos reunimos a la hora del almuerzo y hoy me dice que va a estar ocupado todo el fin de semana y que hablaremos la próxima.

Nos miramos y hacemos el mismo gesto de "todos son unos estúpidos."

—Georgia, ¿sabes lo bien que le hace a uno tener con quién hablar después de haber hecho algo totalmente denigrante? —le pregunto—. ¿Y poder darle, morbosamente, todos los detalles, y que esa persona te siga queriendo a pesar de pensar que estás loca?

Georgia asiente.

—Bueno, yo te dije lo que me pasó el miércoles cuando leía la parte de Lady Macbeth. ¿Y a quién más se lo podría decir? Jerome se ha puesto rarísimo, peor que yo. A cualquier otra persona que se lo cuente me mandaría directamente a un hospital de locos. Mi papá me metería tan rápidamente en un hospital psiquiátrico que pensarías que me desaparecí.

—Hay una sola solución para ese mal —me dice.

—¿Que no vaya más a la clase de literatura inglesa y que no me gradúe?

—No. Policía de la moda. Tenemos diez minutos antes de que suene la campana.

Es un juego cruel. Pero es el mejor remedio para el estado de ánimo desde que se inventó salir de compras. Además, en Fairfield no hay un centro comercial.

Todo comenzó cuando Georgia y yo nos conocimos el primer día de clases en décimo grado. Ella era, obviamente, nueva. Primero, porque yo voy a la escuela en este pueblo desde *kindergarten* y no la conocía. Y no es sólo que yo conozca a todo el mundo en la escuela. Es que lo sé todo de sus vidas. Yo sé que Ian Klassen se orinó en el columpio a la hora del almuerzo en primer grado. Sé que Nate es el menor de tres hermanos y que los otros dos son prácticamente genios. Sé quiénes son familia, y me conozco la historia completa de quién ha salido con quién. Eso es lo que sucede cuando uno va a la escuela con la misma gente por trece años. Se absorbe, por ósmosis, la vida completa de los demás. Incluso, algunos de nosotros fuimos juntos al preescolar.

Así que en cuanto vi a Georgia, supe que se había acabado de mudar. La otra cosa que noté inmediatamente fue el increíble par de botas de piel altas que llevaba. Negras, de charol. Algo que no puede comprarse en Fairfield en un radio de cinco horas a la redonda.

Ella estaba recostada a la taquilla junto a la mía cuando yo llegué (resultó que su apellido es Findley, así que estabamos alfabéticamente destinadas a estar una al lado de la otra).

—Hermosas botas —le dije.

—Gracias —me respondió—, pero en este momento estaba pensando en cambiarlas por aquel par.

Hizo un gesto con la cabeza para apuntar a un chico que caminaba por el pasillo.

Di la vuelta y vi a un pobre chico de octavo grado con un par de tenis que debieron ser los que se le quedaron chiquitos a su hermana. Estaban llenos de lodo, posiblemente una estrategia para camuflarlos; pero eran, sin duda alguna, de color rosado pastel.

—¡Ay! —dije.

—Alguien tiene que llamar a la policía de la moda. Es una emergencia. Código rojo.

Así comenzó el juego. Y bueno, ya lo dije: no es exactamente un juego agradable. Estoy segura de que el pobre chico no tenía la culpa de tener que ponerse zapatos rosados para ir a la escuela.

Hoy, Georgia parece salida de la revista *Cosmo*. Ella creció en la ciudad y no quería mudarse cuando se enteró de que a su papá le habían dado un empleo aquí, hace dos años. Eso, y tambien el nuevo bebé (algo que todavía no entendemos bien), hizo que su mamá se sintiera un poco culpable y le diera a Georgia una tarjeta de crédito para que comprara a través de Internet. Hay gente que nace con suerte. Una vez le protesté a mi papá de que no tenía suficiente ropa y me sugirió que tomara un curso de costura. ¡Aaaah!

—¡Código rojo! ¡Código rojo! —me dice Georgia bajito y hablando de lado.

Las dos estamos recostadas a nuestras taquillas y tratando de actuar como si nada.

—¿Viste la blusa de ésa?

—Parece que la hicieron de tela de cortina —me río—. Oye, código azul para aquellos pantalones lavados con ácido. Fecha: 1980.

En menos de cinco minutos ya me sentía mucho mejor.

—Hablando de códigos rojos —dice Georgia—, ¿has visto los zapatos que lleva Ross?

—No, ¿por qué?

—Él tiene unas botas de piel australianas que le mandó su tía, ¿no te acuerdas?

—Sí. Se las pone todos los días.

—Ya no. Ahora se pone unos tenis horrorosos. Le pregunté que le había pasado a las botas y me dijo que se rajaron.

Asentí, pero de pronto me di cuenta de que algo no andaba bien.

—Oye, Georgia —le digo en el momento en que suena la campana y caminamos hacia el aula—. ¿Cuándo fue que se le rajaron?

—No sé —dice, levantando los hombros—. No hace mucho.

—¿Y la piel se raja? —me pregunto en voz alta, pero ya empiezan a hablar por los altavoces y Georgia no me escucha.

Trato de interceptar a Jerome en su taquilla a la hora del almuerzo. Hace una mueca cuando me ve.

—¿Qué, no me das un beso? —le pregunto.

—Perdóname, Jen. Estoy apurado.

—Necesito hablar contigo.

—Bueno. Vamos a vernos en algún momento durante el fin de semana.

—Necesito hablar contigo hoy.

—Está bien. Voy a estar en casa después de las clases. Me llamas. ¿Sí?

Le digo que sí y él sale huyendo como alma que lleva el diablo.

Mi papá llega del trabajo después de las cinco. Entro en la casa y busco en el refrigerador unos espaguetis del día anterior. Luego, espero una media hora para dar tiempo a que Jerome llegue a su casa. Mientras espero me voy poniendo más y más enojada. ¡Es un imbécil!

¿Quién es él para tratarme así, y darme de lado como si yo fuera una de esas idiotas babosas? No es que yo le caiga atrás por todos los pasillos. No. Yo no hago como Georgia, que parece un perrito faldero detrás de Nate. Él es mi novio. Y si necesito hablar con él, él tiene que atenderme, no darme una cita.

Llamo exactamente a las cuatro de la tarde. A esa hora ya estoy tan furiosa que tengo que apretar los dientes para hablar. "Mantén la calma," me digo. "Manténte tranquila y fría. La reina del polo norte."

—Hola. ¿Se encuentra Jerome, por favor?

—Jen, soy yo.

—Ah, perdóname. Es que ya ni te reconozco la voz.

—Déjate de tonterías.

—No creo que esté diciendo ninguna tontería. Te niegas a hablar conmigo en la escuela. No te he visto en toda la semana. Y luego, dices que no me puedes ver esta noche.

Silencio en la línea.

—Si quieres que nos peleemos, pues dilo.

—Yo no quiero pelearme contigo —dice.

—Entonces, yo probablemente lo haga —lo digo, apretando los dientes para no llorar. Definitivamente, no voy a llorar.

—Jen, lo siento. Lo que sucede no tiene nada que ver contigo. Lo que pasa es que Ross tiene un problema y no quiere que hablemos con mucha gente.

—¡Yo no soy mucha gente!

Otra vez, silencio.

—Tú piensas que yo soy una chismosa y que voy a hablarlo todo con todo el mundo.

—No, yo no pienso eso.

—No debes. Porque yo no le he dicho nada a nadie. Y hay cosas que yo podría decir. Jerome, yo sé lo que pasa con las botas.

—¿Qué botas?

—Yo sé que el hombre fue golpeado por dos personas. Sé también que uno de ellos tenía unas botas con una suela especial. Y sé también que Ross se deshizo de sus botas después del día de la fiesta.

—¿Quién más lo sabe?

—Nadie. Pero pronto se darán cuenta, especialmente si ustedes andan por ahí, portándose como si fueran del servicio secreto.

—Déjame preguntarte una cosa —me dice—. Digamos que tú y tu papá están en el auto un día por la noche y comienzan a discutir. Está oscuro, está lloviendo y él se distrae. Entonces, pasa una luz roja y ¡bum! le da al auto de un fulano que regresa a su casa del trabajo. El tipo se muere instantáneamente. Cuando la policía llega, ¿le dices lo que pasó de verdad o le dices que el fulano fue el que se llevó la luz roja?

—Ya escuché eso antes. Y le diría exactamente lo que pasó.

—El hombre ya está muerto. No lo vas a resucitar mandando a tu padre a la cárcel. Fue un accidente. Además, tú eres parcialmente culpable.

—¿Yo? ¿Cómo?

—Tú comenzaste la discusión. Y por tu culpa él se distrajo.

—Mi papá nunca estaría de acuerdo con que yo mintiera.

—¿Y si él miente? ¿Y si él te pide que lo hagas?

—No, no lo haría.

Por un momento, la línea estuvo en silencio. Finalmente, Jerome dice que tiene que colgar.

—Te quiero decir algo más —le digo.

—Sí, ¿qué?

—Ted Granville fue golpeado por dos personas. Si Ross fue una de ellas, la otra entonces sería Nate...o tú.

No dice una palabra por un largo minuto. Luego dice:

—Mira, ya he tenido un día horroroso.

—Jerome, considera de ahora en adelante que estamos peleados —y cuelgo el teléfono.

Mi papá llega a casa poco después y me encuentra llorando desconsoladamente. Se pensará que los doctores están preparados para tratar con gente llorando. Aparentemente no.

—¿Te has lastimado? —me pregunta.

—No —sollozo.

—Está bien —me dice y me da dos palmaditas en la espalda de una forma extraña.

—Me peleé con Jerome —le digo.

—Lo siento —me dice, pero puedo darme cuenta de que no es así. En realidad no lo siente.

Subo dando patadas y tiro la puerta de mi cuarto. Me siento un poquito mejor. La abro y la vuelvo a tirar. Luego, me meto en la cama hasta el mediodía del sábado.

Capítulo cinco

Locutor: Buenas tardes y bienvenidos a la edición de esta semana de *Juego limpio*. La historia principal de esta semana es la ininterrumpida investigación policial sobre la muerte del banquero Ted Granville.

La imagen cambia para la calle, frente a la casa de Ian.

Yo: La policía de Fairfield continúa interrogando a los estudiantes y a los miembros de la comunidad con el fin de encontrar pistas que lleven a la resolución de la muerte del banquero local Ted Granville. Nos encontramos aquí con el oficial Tran.

Tran: Granville murió a consecuencia de daños cerebrales en la casa de Jane y George Klassen la noche del viernes, 15 de noviembre. Los señores Klassen estaban de viaje en el momento del crimen. La casa estaba al cuidado de su hijo, Ian, un estudiante de duodécimo grado de la escuela secundaria de Fairfield.

Yo: ¿Le va a dar la policía total atención a este caso?

Tran: Este caso tiene absoluta prioridad y le estamos dedicando todo el tiempo y recursos necesarios a la investigación.

Yo: ¿Qué quiere decirle a los alumnos de la secundaria Fairfield?

Tran: Más de una persona estuvo involucrada en este crimen, y creemos que otras más fueron testigos. Los estudiantes deben informar a la policía de cualquier cosa que sepan. El departamento ha creado una línea telefónica para recibir mensajes de manera anónima, y los detalles se pueden encontrar en el boletín de la escuela.

Yo: La policía no puede dar el nombre de los sospechosos en este momento, pero reconoce que está investigando los movimientos de varias personas posiblemente involucradas.

Locutor: Nuestra comunidad continúa en estado de *shock* y expresa su indignación. Esto es lo que dicen los alumnos y los maestros de la secundaria Fairfield:

La cámara enfoca diferentes partes de la escuela.

Katy Gil: Es totalmente traumatizante. Siempre pensé que algo así ocurriría sólo en los programas de televisión o en las grandes ciudades. Nunca en un pueblo como éste.

Brent White: Esto puede eliminar completamente la reputación de Fairfield como el pueblo más aburrido de la tierra.

Señor Finn, Vice director: Sólo puedo esperar que nuestros estudiantes consideren la severidad del caso y que le ofrezcan total e incondicional cooperación a las autoridades.

Jessie Scribes: Muy mal negocio para el tal Granville, la verdad.

Terminé el interrogatorio a la policía el fin de semana y tomé los comentarios de los estudiantes después de la reunión del lunes. El segmento va a salir junto a un vídeo de Scott de la casa de los Klassen. Scott hizo una toma desde abajo, y la casa aparece silueteada detrás de una nubes oscuras, dándole un aspecto tenebroso, propio de una escena de crimen.

La señorita Chan está satisfecha con mi trabajo. Debe de estarlo. Le dediqué mucho tiempo. Durante el fin se semana no tuve nada que hacer excepto limpiar. Georgia fue más que buena, y vino para acompañarme el sábado por la noche. Trajo noticias nuevas. Jerome, Nate, Ross e Ian fueron interrogados tres veces por la policía. La última vez fue el viernes por la tarde.

—Me imagino que eso fue lo que quiso decir cuando habló de un día horroroso —le dije a Georgia.

Georgia había alquilado tres películas de ésas que le gustan a las chicas, y con las dos primeras nos la pasamos sollozando. Georgia trató de consolarme entre escena y escena.

—Cualquier cosa que sea lo que haya hecho, estoy segura de que luego se va a arrepentir. Seguro te va a llamar para pedirte perdón y todo va a volver a ser como antes.

—No, no va a ser así. Las cosas son más complicadas de lo que parecen.

Georgia no me dijo nada y yo pude darme cuenta de que ella estaba esperando a que yo le explicara lo que había pasado. Pensé decirle que Jerome estaba evitando hablar conmigo, lo de la conversación que tuvimos sobre el accidente, lo de la huella de una bota y lo de los dos posibles atacantes. Traté de hablar, pero de pronto, todo me pareció muy complicado. Y lo peor era que mi novio, o mejor dicho mi ex novio, podía ser el asesino. Sonaba tan absurdo que decidí no decir nada.

Georgia esperó pacientemente mientras todos esos pensamientos me daban vuelta en la cabeza como en un espectáculo de luces, y yo estaba muy cansada para tratar de ponerlos en orden.

—En este momento no puedo explicarte.

Levantó los hombros y miró a lo lejos.

—Perdóname —comencé a decir, pero ella me interrumpió.

—No. No tienes que decirme nada. Ya lo harás cuando estés lista. Perdóname si insistí.

Me pude dar cuenta de que ella se sentía herida. Al poco rato, recogió sus cosas y se marchó.

Temo encontrarme con Jerome en la escuela. Lo veo por primera vez en el día. Está recostado contra su taquilla y haciendo bromas con un grupo de amigos. Actúa como si todo fuera normal, lo que hace que me den ganas de darle un puñetazo. Pero lo que hago es dar la vuelta, tomar otro camino e irme a clases. Entonces me arrepiento de no haber hablado con él.

Pienso que a lo mejor puedo hablarle después de las clases (ya sé que ésa no es la táctica que recomendaría la revista *Cosmo*). Desafortunadamente o afortunadamente, el señor Arthur me intercepta a la salida de la clase. Quiere que me una a un grupo remedial de matemáticas el miércoles por la tarde.

—Los exámenes de Navidad están al doblar de la esquina —dice.

Sólo estamos en noviembre. Nada más pensar en el fin de semana me pone nerviosa. No puedo pensar en el fin del semestre.

Le digo al señor Arthur que voy a pensarlo. Cuando termino de hablar con él, el pasillo está vacío y Jerome se ha ido.

Mi papá me está esperando a la salida. Está sentado en un Volvo viejo verde que da pena (según él ese carro tiene carácter,

¡a saber qué es lo que quiere decir con eso!) y me busca con la vista. Está vestido con la ropa de trabajo, con los pantalones bien planchados y una camisa deportiva. En la oficina, se pone la bata de médico y su estetoscopio.

—Papá, ¿qué haces aquí?

—Dos pacientes cancelaron sus citas. Vine a buscarte —me lo dice como la cosa más normal del mundo.

—La última vez que me recogiste después de la escuela tenía yo ocho años, y había tanto frío que los niños se congelaban esperando por el autobús.

Protesta con un gruñido.

—¿Vienes o no?

Esto es lo que sucede cuando eres la única hija de un padre soltero. Cualquier otro padre con una tarde libre, posiblemente llamaría a su esposa. Pero mi papá, no. No tiene ni novia. Y creo que es muy buen partido: doctor, con una hija maravillosa (¡por supuesto!) y una casa grande. La alfombra horrorosa no le da muchos puntos, pero eso es algo que la novia puede resolver.

Salimos del pueblo rápidamente. En todo Fairfield sólo hay cuatro semáforos, así que no hablamos de un gran tráfico. Pronto vamos por las curvas de la carretera Bow Creek. No ha caído nieve, pero los árboles están sin hojas y parecen rígidos, como si se hubieran endurecido con el frío.

—Papá, ¿a dónde vamos?

—Ten paciencia. Ya verás.

Me hacía lo mismo cuando yo era pequeñita. Compraba pollo frito y refrescos, y conducía por las carreteras alrededor del pueblo hasta que encontraba un buen lugar para hacer un picnic. No lo hemos hecho en años y dentro de un par de horas se va a hacer de noche.

Sale de la carretera y se mete en una entrada de garaje con una verja.

—¡Vamos! —me dice.

—Papá, esto es propiedad privada.

—¿Desde cuándo eres una santurrona y sigues las reglas al pie de la letra? ¿Dónde está tu instinto de investigadora? —me dice en broma, saltando la verja.

—Esa palabra "santurrona" no la usa nadie en estos tiempos —protesto y lo sigo.

La entrada de garaje termina en un camino de gravilla que da la vuelta, pero mi papá continúa por los arbustos. Puedo oír el río entre los árboles.

—Ya casi llegamos —dice.

Me agacho para seguirlo, protestando por las ramas y los gajos. Dos minutos después dejamos los árboles atrás y llegamos al borde de un acantilado. Mi papá abre los brazos para que yo me detenga.

—Arrástrate hasta el borde —me advierte.

Los dos nos echamos al suelo y nos arrastramos hasta donde se puede ver el cañón. Debajo hay una gran cascada de agua. A la derecha, donde las paredes del cañón se estrechan gradualmente, el agua está en calma y parece un espejo. Luego, ruge sobre los acantilados y ya no vuelve a estar en calma. En la base, sólo se ven remolinos.

—Éste era el lugar preferido de tu mamá antes de regresarse a la ciudad —me dice mientras se aleja del borde.

—¡Es increíble!

—Decía que era un buen lugar para escapar de los problemas.

Eso es fácil de entender. Aun cuando me separo del borde y me acuesto mirando al cielo, puedo ver cómo se elevan las gotas de agua. Cuando cierro los ojos el rugido me marea, como si el acantilado fuera a derrumbarse en cualquier momento.

Puedo entender de qué mi mamá tenía que escapar. De este pueblo, por ejemplo, donde todo el mundo te conoce y sabe todo acerca de ti. Ella creció en la ciudad. Pienso que la vida de esposa del médico de un pequeño pueblo fue más claustrofóbica de lo que ella pudo imaginarse.

Ella nunca me lo ha dicho. Cuando la visito, generalmente en el verano o en la Navidad, siempre evita hablar de Fairfield.

—Ayer vi al oficial McBride —dice papá.

—¿De veras? —Eso basta para hacerme abrir los ojos y sentarme.

—Solo nos tomamos un café. Pero me habló sobre el asesinato de Granville.

—¿De veras?

Parece que eso es todo lo que puedo decir.

—No han podido progresar mucho en la investigación. Tienen problemas para obtener información —comienza a decir.

—Ya lo sabía.

Me muestro evasiva. Estoy completamente calmada. Respiro profundo. Creo que sería una buena idea tomar clases de yoga.

—Lo interesante es —continúa hablando papá—, que él piensa que hay muchas personas que saben exactamente lo que sucedió esa noche. Él piensa que la escuela entera sabe quién asesinó a Ted Granville.

—Eso es una exageración —le digo.

Quita los ojos de una hoja que estaba desmenuzando y me mira.

—¿Lo sabes tú?

—Nunca lo vi —me encojo de hombros—. Yo estaba abajo.

—Yo creo que tú no viste lo que pasó —dice papá—, pero éste es un pueblo muy pequeño. No es fácil guardar secretos, especialmente cuando se tiene diecisiete años.

—Si alguien lo vio, nunca se lo va a decir a los policías. Probablemente aparezca al otro día igual que el mismo Ted Granville.

—Yo estoy seguro de que la policía protegería a cualquiera que les diera información —dijo papá con absoluta certeza.

—Da igual. ¿Y esa mujer en las noticias, el año pasado, que puso una orden de alejamiento contra su esposo? El esposo se metió en su casa y la mató.

Papá me mira como si yo fuera una persona que no entra en razones.

—Si sabes algo tienes que decírmelo.

Por la cabeza me pasan un millón de pensamientos a toda velocidad:

Las botas de Ross

Cuando Ross me acorraló en el pasillo de la escuela

El silencio de Jerome

Jerome: "*Mira, ya he tenido un día horroroso.*"

Jerome: "*El hombre ya está muerto. No lo vas a resucitar mandando a tu padre a la cárcel.*"

—No —le respondo y me obligo a mirarlo a los ojos—. No sé quién fue. Estoy segura de que alguien de la escuela debe saberlo, pero la mayoría de la gente no lo sabe.

Capítulo seis

Parece que Georgia me ha perdonado por no haberle dicho el porqué Jerome y yo nos peleamos. Ayer, a la hora de almuerzo, la noté un poco distante, pero hoy todo ha vuelto a la normalidad. Me imagino que ha decidido esperar hasta que yo, al final, se lo cuente todo.

Estamos caminando por el pasillo de la escuela cuando nos encontramos con Scott. Saluda a Georgia con la cabeza y se me acerca.

La verdad

—Tengo algo nuevo. ¿Nos podemos ver a la hora de almuerzo? ¿Qué tal a las doce y media en la sala de publicidad?

Asiento. Suena la campana para entrar a clases.

Mientras el alumno de noveno grado asignado para la semana lee las noticias, el señor Arthur le pasa una nota a Georgia y otra a mí. Resulta que ambas tenemos que ver mañana a la consejera de la escuela. Yo reviro los ojos y Georgia hace como que tiene arcadas.

A las 12:30 en punto estoy en la sala de publicidad esperando por Scott. Lo sigo esperando hasta las 12:40, 12:50 y hasta la 1:00 cuando suena la campana. No lo veo en toda la tarde por los pasillos y me parece algo extraño. Me imagino que se olvidó de que nos íbamos a ver. Entre una clase y otra veo a Ian y noto que tiene un ojo morado, pero no me da tiempo a preguntarle que le pasó.

Otra vez veo que mi papá me está esperando a la salida de la escuela.

—¿Ésta es la nueva moda? —bromeo.

—Scott Rich está en el hospital.

—¿Qué? —Tiro mi bolsa en el asiento de atrás y me meto en el auto—. ¿Qué es lo que dices? ¡Yo hablé con él hoy por la mañana!

—Obviamente después de eso tuvo un problema. Alguien lo atacó. Yo estaba pasando visita en el hospital y me enteré. Pensé que querrías ir a verlo.

Papá aparca el auto cerca de la entrada. En cuanto atravesamos las puertas siento el olor a desinfectante, a orina y a pintura. Odio los hospitales. La única vez que estuve en uno fue cuando me operaron de las amígdalas en noveno grado. Desde esa vez detesto comer gelatina. La chica que estaba en la cama de al lado no paraba de vomitar. Cerraron las cortinas, pero así y todo la podía escuchar. ¡Qué asco!

Papá habla con la enfermera antes de entrar. Ella dice que Scott se va a recuperar pronto. Tiene una costilla rota y una contusión, pero nada de peligro.

—No se demoren. Necesita descansar —nos advierte.

Papá me lleva hasta el cuarto de Scott y luego se va a la sala de espera.

En cuanto entro, siento que quiero salir de allí corriendo. Tiene los dos ojos morados, una herida abierta en una ceja y el labio de abajo muy hinchado. Tiene un brazo enyesado.

—Hola —me dice. Parece que el que habla es un ventrílocuo, porque no mueve los labios.

—Me acabo de enterar y vine enseguida. ¿Cómo te sientes?

—Estoy sedado.

Me siento en el borde de la cama para que él no tenga que hablar alto.

—Si querías unos labios más gruesos, te hubieras inyectado colágeno.

Trata de sonreír pero le causa dolor.

—¿Qué pasó? —le pregunto.

—Nada. Un ex novio descontento de una chica con la que estoy saliendo.

—¿Tú saliendo? ¿Con quién? Yo creía que tú estabas enamorado de mí—. Lo digo en broma, pero Scott es muy agudo intelectualmente.

Veo que no se ríe de mi broma y cambio de táctica:

—¿Eso fue lo que le dijiste a los policías? ¿Que el ex de tu novia te pateó?

Me dice que sí con la cabeza. Me doy cuenta de que le duele hacerlo.

—Mentiroso. Me dijiste que tenías algo nuevo. ¿Quién te hizo esto? ¿Ross? ¿Jerome? ¿Nate?

—Jen, no te metas en esto.

—Esta historia no es sólo tuya. Ya estoy metida en ella.

Cierra los ojos por un minuto.

—Fue mi culpa. No fui lo suficientemente cuidadoso.

—No. No fue tu culpa.

—¿Sabes qué? Después que me golpeó, cuando pensé que iba a perder el conocimiento, se me acercó al oído y me dijo bajito: "El silencio es la mejor política". Da un poco de miedo.

—¿Quién te lo dijo, Scott?

—Adivina —me contesta.

Estuvimos sin decirnos palabra por unos minutos. Cuando me levanto para irme, me toma de la mano.

—Jen.

—Dime. —Me puedo dar cuenta de que quiere decirme algo. Scott es el tipo de chico conservador que pone su brazo delante hasta que él piensa que es seguro cruzar la calle. Finalmente se decide a hablar.

—Dejé algo en la sala de publicidad —me dice.

Mi papá levanta las cejas cuando nos encontramos en la sala de espera.

—Fue el ex de una novia que tiene —le cuento.

—Él puede denunciarlo —me contesta.

—Él lo sabe —le aseguro.

Capítulo siete

Éstas son las cosas que me encuentro en la taquilla cuando llego a la escuela el jueves por la mañana: siete carpetas; una manzana un poco magullada; una bolsa con un cepillo, chicle, dos tampones y un pomo de aspirina; la ridícula foto de un modelo con la cabeza de Jerome (Georgia se la pegó y nunca se me ha ocurrido quitársela) y varias copias del programa *Juego Limpio*. Encima de los vídeos hay un pedazo de papel rojo doblado.

Parece que alguien lo dejó caer por una de las ranuras de la parte de arriba de la taquilla.

En tinta negra gruesa dice: El silencio es la mejor política.

Se me cae de las manos. Luego, lo agarro de nuevo como si fuera algo que va a contaminar mis pertenencias.

Bueno. Piensa como una verdadera periodista, me digo. Me quito la mochila y la registro, buscando las galletitas que metí adentro esta mañana. Las saco de la bolsa plástica en que las había puesto y meto la nota adentro.

Con la nota cuidadosamente guardada, me levanto. Georgia se ha aparecido en la taquilla de al lado sosteniendo un pedazo de papel rojo entre dos dedos como si estuviera contaminado con ántrax.

—Esconde eso —le ordeno.

—¿Qué quiere decir?

—Ven aquí —La empujo dentro de la sala, que está desierta. Cierro la puerta. Nos sentamos encima de los pupitres de frente una a la otra.

—Georgia. No le puedes soplar esto a nadie. Ni siquiera a Nate. A nadie, ¿me entiendes?

Asiente solemnemente.

—No se lo vas a decir a nadie a la hora del almuerzo, ni aunque te enteres que otros tienen la misma nota. ¿De acuerdo?

—No podría aunque quisiera. Tenemos la cita con la consejera. Yo a la mediodía y tú a las doce y media. ¿No te acuerdas?

¡Rayos! Se me había olvidado.

Rápidamente le digo lo que ha pasado: la paliza que le dieron a Scott, la conversación que tuve con Ross en el pasillo y mi rompimiento con Jerome. Me quité un gran peso de encima. Georgia no parece asombrada con la información.

—Yo también tengo un secreto que decirte —me dice.

—¿De veras?

—¿Te acuerdas del chico, Rocky, al que le dieron una paliza el año pasado?

Le digo que sí. Rocky es dos años mayor que nosotras, pero siempre va a las fiestas de nuestro grupo. El año pasado le dieron tal pateadura que lo mandaron al hospital por una semana. Todo el mundo quería que hiciera una denuncia, pero nunca le dijo a nadie quién lo había hecho. Dijo que todo había sido un malentendido. Que era algo sin importancia.

—Ross fue el que lo hizo —me dice Georgia.

—¿Cómo lo sabes?

—Nate me lo dijo. Dice que Ross usa esteroides y que no le asientan. Él tiene mal genio de por sí, pero ahora, cuando algo lo contraría, pierde totalmente el control.

—Qué barbaridad. ¿Por qué la gente tiene que hacer esas cosas?

Georgia levanta los hombros.

—Me imagino que para lucir fuerte, creo.

—¿Nate también los usa?

Vuelve a levantar los hombros.

De pronto me recuerdo de algo que no le he dicho a Georgia: la información del oficial McBride sobre las huellas de las botas. Cuando se lo digo, levanta las cejas.

—¿Crees que ésas son las huellas de las botas de Ross?

Le digo que sí.

—¿Y tú crees que Nate y Jerome tienen que ver algo con todo eso?

Lo último que hago es decirle que sí de nuevo, porque suena la campana, se abren las puertas de la sala y todo el mundo empieza a entrar.

La mañana es larga y aburrida con geografía y matemáticas. La clase de inglés resulta un poquito más interesante. Hacen una representación de las brujas de Macbeth, sus predicciones, sus ardides y frases de doble sentido.

Y algo aún más interesante. Me entero por Georgia que todos los que estuvieron en la fiesta en casa de Ian tiene que reunirse con la consejera de la escuela.

—¿Y por qué ahora? ¿Cómo es que no lo hicieron la semana pasada?

Georgia le da vuelta a los ojos:

—¿A lo mejor porque la señora Bing no quería tener que vérselas con problemas serios?

La señora Bing ha sido la consejera de la escuela desde la época de los dinosaurios. Las únicas veces que la he visto han sido en las asambleas de la escuela. Generalmente habla de algún problema que de pronto le parece importante, como por ejemplo, la bebida. El año pasado hubo un gran escándalo cuando una alumna de noveno se desmayó en la clase. La señora Bing, convencida de que era un caso de anorexia, le empezó a meter galletas de soda en la boca. Suerte que la pobre chica no se atragantó. En realidad, era un caso de hipoglicemia.

Cuando llego a verla a las 12:30, no estoy muy contenta de haber perdido la mitad de la reunión de *Juego Limpio*.

La oficina de la consejera no tiene buró. Hay cuatro sillas como las de la oficina del director alrededor de una mesita. Es ideal para las juntas de padres y maestros.

La señora Bing está recortando unas letras para el boletín de noticias. Tiene el pelo corto, canoso y crespo. Los lentes bifocales le cuelgan de la punta de la nariz. Me hace una señal de que pase y me siente.

—Jen, me imagino que te preguntarás por qué te he mandado a buscar.

—Me imagino que es por el asunto del asesinato.

Pone las tijeras en la mesa y me mira como pensando si es que voy a resultar un problema.

Le doy tiempo a reflexionar.

—Si usted está tan preocupada, por qué no nos llamó en cuanto ocurrieron los hechos. Ya hace dos semanas de eso.

La señora Bing se incorpora y me dice de cerca:

—Jen, te voy a ser sincera.

Eso me irrita. Odio cuando la gente usa mi nombre constantemente, como si fuéramos íntimos amigos.

—Lo que sucede, Jen —continúa hablando—, es que la policía le ha pedido a la escuela que los ayude en la investigación. Primero, creen que hay estudiantes que presenciaron el asesinato y quisieran hablar con ellos. Segundo, piensan que hay algunos que están intimidando y abusando de otros y no queremos que eso continúe, Jen.

—Señora Bing, nadie quiere que eso suceda —pienso en la nota que me dejaron en la taquilla y por un minuto creo que debo enseñársela. Luego me doy cuenta de que la señora Bing es una inepta. En unos minutos la escuela entera lo sabrá y ella estará dando discursos de cómo gracias a ella las cosas se están resolviendo, y enseguida todo el mundo se enterará de que fui yo quien le dio la dichosa nota.

—Bueno, continuemos…

La señora Bing me pregunta sobre la fiesta, los otros alumnos que asistieron y a dónde fui después. Es, en realidad, el mismo interrogatorio de la policía en cámara lenta, pero con el elemento de "cómo puedo ayudarte a sobrellevar la situación" y "dime todo lo que sientes".

Al final, no le he dicho nada nuevo. Cuando me voy, ella se siente un poco derrotada. Le podría decir que está perdiendo el tiempo en hablar con los alumnos.

Con todo el bombardeo (por parte de la señora Bing) y la carrera por sobrevivir (en este caso, mía) no me queda mucho tiempo para ir a la sala de publicidad. Al final del día, por fin puedo pasar por allí. Alguien ha estado editando y las luces están apagadas. Una luz tenue, que se cuela por las persianas, mal ilumina la sala.

Al fondo, detrás de un mostrador donde están todos los equipos de edición, hay un archivo de cuatro cajones. El primero tiene el nombre de Scott. El casete que busco está allí mismo, sobre las notas de la semana pasada.

Miro alrededor de la sala. Al principio de curso, todos recibimos entrenamiento en cómo usar los equipos, pero yo no los he usado todavía. Me concentro en hacer entrevistas y dejar que otros hagan el trabajo técnico. Por suerte, encuento un VCR que está conectado a uno de los monitores. Esperando no meter la pata y borrar algo, aprieto el botón *Play* y comienza el juego de basquetbol de la semana pasada. *Stop*, *Rewind*. Y a comenzar de nuevo.

"Que sea. Que sea," me digo a mí misma mientras aprieto *Play* de nuevo. ¡Y lo es!

Al principio, está un poco fuera de foco, pero la cámara se ajusta. Es una escena buenísima, con sombra perfecta alrededor de los árboles y suficiente luz en la parte de atrás donde se ve una pared blanca. Se ve la esquina de un edificio, como si Scott se estuviera escondiendo detrás de él. Ahora, hace un *close-up* y noto más detalles. La violencia en los ojos de Ross mientras empuja a Ian contra la pared de la escuela. Las amenazas de Nate mientras se les acerca. Debe de estar diciendo algo. Ian tiene un pedazo de cinta adhesiva en la boca. Todavía no tiene los ojos morados. Parece estar aterrado. Es obvio que nadie se ha dado cuenta de la presencia de Scott.

—¿Qué pasó? ¿Te descubrieron? ¿Estaba Jerome allí?

Fui directamente del laboratorio de publicidad al hospital. Tengo tantas preguntas que apenas le doy tiempo a Scott para que me responda. Noto que luce un poco mejor. Los ojos los tiene menos hinchados.

—Ellos no tienen idea que hice esas tomas. Corrí hacia la escuela y guardé el casete en el laboratorio y luego corrí afuera para ayudar a Ian. Cuando llegué, ya tenía un ojo golpeado y a lo mejor unas costillas rotas. Creo que está bien.

—Debiste haber pedido ayuda — le digo.

Asiente.

—Pensé que cuando Ross me viera, pararía. —Se encoge de hombros—. Pero no. Creo que él pensó que yo sabía de lo que hablaban. Nunca debí meterme.

—Es posible que Ian los estuviera amenazando con decir la verdad —pienso en voz alta.

—¿Piensas que debí decírselo a los policías?

—No sé. ¿Y si no te creían? ¿Y si Ross se entera de que hablaste con los policías?

A lo mejor en este momento podrías estar muerto.

—No paro de pensar en el investigador —me dice—. El hombre corpulento que estaba en la casa de Ian la primera vez que filmamos allí. Actuaba como si nosotros fuéramos culpables sólo por la edad que tenemos.

—No me lo recuerdes. —Le cuento lo que me dijo el oficial Behnson cuando salimos del recinto donde me interrogaron.

No tengo muchos consejos que darle, así que no hay mucho de qué hablar. Me siento en el borde de la cama y le doy unas cuantas revistas de la sala de espera.

Cuando llego a casa, son casi las siete de la noche. Mi papá me está esperando, preocupado.

Capítulo ocho

Odio a Lady Macbeth. Es domingo por la noche y no he hecho absolutamente nada durante el fin de semana. Ahora estoy en mi cama rodeada de libros de literatura.

Por suerte, mi presentación no es hasta el viernes, porque no he podido adelantar. Debo hablar por diez minutos sobre el lado positivo de Lady Macbeth. Leo una y otra vez y sólo encuentro cosas negativas. Primero, trama un asesinato. Lo admito, eso requiere valor. Pero luego, se siente tan culpable que comienza a caminar sonámbula por todo el castillo, restregándose las manos como si las tuviera manchadas de sangre. Se muere antes de la batalla final. ¿Qué clase de valor es ése? Ella fue la que creó la situación. Debió enfrentarla y resolverla.

Debo hacer algo.

Me olvido de los libros y tomo una hoja en blanco. Comienzo a escribir.

Por qué debo hablar con la policía:

• Si no lo hago, un asesinato va a quedar impune.

• Alguien tiene derecho a saber la verdad. Por ejemplo, la esposa de Ted Granville.

• Tengo pruebas: las botas de Ross, el vídeo de Scott.

• Ross no tiene derecho a intimidar, golpear y amenazar a la gente con notas.

Tacho las dos primeras razones de mi lista por parecerse mucho a la forma en que *Polyanna* reaccionaría. Las dos últimas son las que me motivan.

Por qué no debo nunca hablar con la policía:

• Al final, le tendré que decir a mi papá que le mentí.

• Alguien puede verme en la estación de policía y todo el mundo se enteraría de que yo fui la chismosa.

• Puedo crearle problemas a Jerome.

• Tengo que presenciar cómo los policías se van a pavonear de que estaban en lo cierto: yo sabía algo.

Mis conclusiones: Estoy paranoica, demente (¿pienso realmente que alguien va a estar vigilando la entrada de la estación de policía? No estamos en una película de terror y misterio). Odio y amo a Jerome a la vez.

Tacho la lista y escribo con bolígrafos de diferentes colores hasta el final de la página:

Estás loca.

Estás loca.

Estás loca.

Estoy en la misma situación que cuando empecé. Debo hacer algo. Pero, ¿qué? Apago las luces y me tumbo en la cama a pensar. Luego me acuesto boca abajo. Sigo pensando. Me pongo de lado. Me toma una eternidad quedarme dormida.

Me repito lo mismo a ver si lo asimilo a través del arte de obtener sabiduría en estado inconsciente. Cuando me quedé dormida, no había decicido nada aún, pero esta mañana, sé exactamente lo que voy a hacer. Lo demás es convencer a Scott. Claro, tengo que esperar a que salga del hospital. Me trazo un plan en el camino a la escuela. Cuando llego, sonrío de satisfacción.

Veo a Jerome esperándome en el pasillo y la sonrisa desaparece de mi cara como un maquillaje de aceite.

Respiro profundo.

—Hola —me dice.

Espero un poco, pero parece que eso es todo lo que va a decirme. Sigue parado frente a mi taquilla, mirándome.

—¿Necesitas algo? —le pregunto.

—No. Bueno, sí —titubea con una sonrisa tonta—. Te he extrañado.

¿He mencionado por casualidad lo bello que es Jerome?

Eso casi logra que todo lo que planifiqué en camino a la escuela, en honor a la justicia, se venga abajo. Todas mis ideas rodaron por el pasillo de la escuela como en un juego de bolos. ¿Cómo se me puede haber ocurrido hacer algo que pudiera perjudicar a Jerome? Además, es obvio que con esa carita, él no es capaz de hacer nada malo.

En el momento en que le voy a decir a Jerome lo mucho que yo también lo he extrañado, veo la cara amoratada de Ian que se me acerca. Miro de nuevo a Jerome y me pregunto si todo no es más que una estrategia para mantenerme callada. ¿Y si voy a salir de nuevo con un posible asesino?

Mi "Yo también te extraño" se convierte en un "Me tengo que ir". Me escurro entre él y la taquilla y me dirijo al único lugar lógico: el baño de las chicas. Le paso por al lado a Georgia y ella me sigue.

—¡Qué horror!

—He tenido un día pésimo —protesta.

—No eres la única. Acabo de rechazar a Jerome y visité a mi novio, que en realidad no lo es, en el hospital.

—Odio a los chicos —es todo lo que Georgia puede decirme.

Cuando suena la campana, estoy muy nerviosa y tensa. Las dos perdemos la primera clase. Georgia me hace prometerle que voy a almorzar con ella al restaurant *Willie's Chicken*.

El batido de chocolate y toda esa grasa me reviven un poco, y ya en la tarde me las arreglo para pasarle por al lado a Jerome calmadamente.

Con toda la histeria, no tengo tiempo para mi plan. No pienso en él hasta el último turno de clases, literatura. Hoy le toca a otra persona hacer una presentación acerca del papel que juega la profecía en la obra. Los planes de Lady Macbeth comienzan a desarrollarse y todo parece indicar derrota. Me encantan los finales de Shakespeare: sangre y honor. Me entretengo y pienso en cómo voy a convencer a Scott para que me ayude.

En cuanto termina la clase, paso por el laboratorio de publicidad y luego voy derecho al hospital.

—Scott —le digo apenas entro—. Yo sé que no te va a gustar la idea pero...

—¿Por qué te demoraste tanto en llegar? —me interrumpe—. Necesito hablar contigo, porque tenemos que hacer algo.

—¿Qué dices?

—Seguro que no querrás, pero me he pasado toda la tarde pensando en cómo convencerte.

—¿Convencerme de qué?

—Testimonio —me dice.

—¡Pero ésa es mi idea!

—¿Qué?

Obviamente, tenemos un pequeño problema de comunicación. Cuando nos calmamos y nos escuchamos detenidamente, nos damos cuenta de que los dos tenemos planes idénticos.

—Pensé que no querías hacer nada —le digo.

—Sí. Pero mientras más tiempo estoy aquí sin hacer nada, más furioso me pongo. ¿Quién le ha dado a Ross tanto poder? ¿Con qué derecho hace esas cosas? Hacemos un programa testimonio o yo mismo me le enfrento.

—¡Mi madre! Siempre pensé que eras una persona pacífica —le digo admirada.

—Sí —me dice, muy animado—. Yo creo que el testimonio es la mejor opción.

Diez minutos más tarde, tengo la cámara montada en un trípode y aguanto el micrófono junto a la cama del hospital.

—Scott Rich —comienzo con voz de reportera profesional—. ¿Dices que fuiste agredido por dos estudiantes de la escuela secundaria Fairfield?

—Sí. Ross Reed and Nate Schultz.

—¿Cuál fue la razón de la agresión?

—Los vi maltratando a otro estudiante, Ian Klassen.

—¿Crees que estas agresiones están relacionadas con el asesinato del banquero local Ted Granville?

Llevábamos unos diez minutos filmando, cuando alguien apareció en la puerta: Georgia.

—Georgia, ¿que haces aquí? ¿Estás bien?

Por primera vez, Georgia no parecía salida de una revista de modas. Tenía la cara pálida y los ojos rojos. Parecía que estaba a punto de vomitar, pero en su lugar, tiró una bolsa plástica a los pies de la cama de Scott.

—¿Qué es eso? —le pregunta Scott.

Yo estoy en estado de *shock* y no digo una palabra. Scott parece confundido y me doy cuenta de que nunca le hablé del secreto del oficial McBride sobre las huellas de zapatos.

—¿De dónde las sacaste? —le pregunto a Georgia.

—Estuve en la casa de Nate la semana pasada y estábamos en el sótano, tú sabes, en lo nuestro. Cuando traté de ir al baño, entré accidentalmente en el cuarto de desahogo y las vi encima de un montón de cosas viejas.

Las reconocí porque son las botas de Ross. Pensé que las habría olvidado allí.

—¿Y cómo te las llevaste?

—Después de que me dijiste lo que había dicho el oficial...

—¿Quién dijo qué? —preguntó Scott, sorprendido.

Lo ignoramos por un minuto.

—Me fui de la escuela hoy por la tarde y fui a su casa —continúa Georgia—. Él tiene una llave escondida en el garaje para cuando se escapa por la noche. La tomé.

—¡Qué valiente has sido! —dijo Scott con aprobación—. ¿Pero qué pasa con las botas?

Finalmente lo ponemos al corriente. Luego, le doy un abrazo a Georgia y le hago prometerme que va a tener mucho cuidado.

Nunca antes me había tenido que preocupar por ella. Mañana, Scott sale del hospital y va a editar nuestro programa testimonio. Yo, mientras tanto, tengo que filmar las botas y escribir una narración para la banda de sonido, con una explicación. También tengo que hacerle una entrevista a un policía sobre cómo progresa la investigación.

A la hora de almuerzo el jueves, ya hemos terminado. El trabajo de Scott es mejor de lo que esperábamos. Llamó a Ian por teléfono y grabó la conversación, donde Ian prácticamente admite haber visto cómo golpearon a Granville.

Ahora, todo lo que necesitamos es sacarlo en vivo. La señora Chan nunca nos va a permitir hacerlo sin que ella lo apruebe primero. Decidimos usarlo para reemplazar secretamente el casete de *Juego Limpio* del programa que debe salir al aire mañana: "Los adolescentes y el cigarro." La señora Chan lleva el casete todos los jueves a la estación de cable, así que tenemos que cambiarlo al final de las clases.

—¿Lista? —me pregunta Scott cuando nos encontramos junto a mi taquilla.

—Lista.

—Pongo el casete dentro de una carpeta y la aprieto contra mi pecho. Caminamos uno al lado del otro hasta el laboratorio sin intercambiar una palabra. Voy sin respirar, pero no me doy ni cuenta hasta que llegamos al aula que está completamente desierta. Entonces siento que mi cuerpo comienza a funcionar de nuevo. La adrenalina a todo dar.

—¿Donde está el casete de "Los adolescentes y el cigarro"? —le pregunto a Scott.

—Siempre lo tiene aquí, arriba del archivo —Scott busca debajo de unos papeles y lo encuentra.

—Bueno, dámelo. Aquí tienes el testimonio.

—¿El qué? —la señora Chan acaba de entrar. Scott pega un salto. Yo estoy muy nerviosa y dejo escapar un grito. Con eso perdemos la oportunidad de hacerlo sin ser descubiertos.

La señora Chan nos mira con una cara seria, como nunca la he visto.

—¿Les importaría decirme qué es lo que está ocurriendo aquí? —primero mira a Scott y luego a mí.

—La verdad… —comienzo a tartamudear—. Lo que sucede…

Scott dice:

—Lo mejor es que usted se siente y mire el casete.

Capítulo nueve

Cerramos las cortinas y Scott mete el casete en la máquina. La señora Chan está enojada todavía, pero se sienta y comienza a mirarlo.

Scott ha hecho un trabajo estupendo. El testimonio comienza con mi entrevista en el hospital. Luego, mientras nuestras voces se siguen escuchando, cambia la escena y aparece Ian en el momento de ser golpeado. Después, viene la entrevista al oficial de la policía y una toma de las botas de Ross. Finalmente, la llamada telefónica a Ian sobre imágenes de la casa donde ocurrió el crimen. Luego aparecemos Scott y yo, y él me pregunta: "¿Fuiste testigo presencial del asesinato?" "No," respondo. Scott mira a la cámara y pregunta a la audiencia, "¿Y tú?" Todo se torna negro.

La señora Chan ha observado en silencio. La miramos en la oscuridad del aula para ver su reacción.

—El director debe ver esto —dice finalmente.

—¡No! —gritamos Scott y yo al mismo tiempo.

—Señora Chan —le dice Scott más calmado—, a no ser que todo el mundo lo vea al mismo tiempo, Jen y yo corremos un grave peligro.

—¿Y si nunca lo ponen en el cable? —agrego yo en total pánico—. ¿Y si el director se lo entrega a la policía y Ross se entera?

Se queda callada por unos minutos y dice:

—Voy a hacer una llamada telefónica —Scott y yo nos miramos incrédulos—. Les prometo que no los voy a poner en peligro. Quédense aquí. No me voy a demorar.

Cuando la señora Chan se va, abro las persianas para dejar entra la luz. Scott y yo nos desplomamos en las sillas.

Yo digo algo primero.

—Scott.

—Dime.

—Tú y yo sabemos que fue Ross quién atacó a Ted Granville, ¿verdad?

—Sí.

—Y sabemos que hay otras dos personas involucradas.

—Sí.

—¿Crees que la segunda persona fue Nate o… Jerome?

Después que hice la pregunta, no quería saber la respuesta.

Scott no me responde. Mira hacia la puerta y me dice:

—Creo que puedes preguntárselo tú misma.

—Jerome —lo veo entrar.

—Te he buscado por todas partes —me dice mientras se me acerca—. No fui yo el único. Vamos, vámonos de aquí.

—No pienso ir contigo a ninguna parte —le digo.

—Escúchame. Ellos saben que tú estás haciendo algo. Y tienen una buena idea de lo que es.

Scott y yo nos incorporamos en las sillas.

—¿Quiénes? ¿Qué es lo que saben?

—Ross y Nate. Ian los vio a ustedes filmando fuera de su casa y se lo dijo. También les dijo lo de la llamada telefónica —dijo, mirando a Scott.

—¿Cómo fue capaz de decírselo? —pregunta Scott.

—Me imagino que les tiene miedo. Pero tenemos que irnos de aquí. No creo que sea seguro que estemos solos aquí.

—Es muy tarde —le digo—. Ross acaba de llegar.

—Jerome —dice Ross—, quítate de mi camino.

—No seas imbécil —le reclama Jerome.

—Apártate.

Jerome no se mueve.

—Venga, Ross. Vámonos. Alguien nos puede encontrar aquí.

—Eso me gusta —dice Ross, mirándonos a Scott y a mí—. Pero nos vamos de aquí todos juntos y entonces yo decidiré qué hago con estos dos.

—Yo no voy a ninguna parte —repito.

—Así que tres contra uno —dice Ross. Y con tremenda calma, saca un cuchillo del bolsillo del pantalón—. Soy yo el que digo quién se va.

—¡Diablos! —dice Scott.

—Te pueden expulsar de la escuela —digo, y enseguida me doy cuenta de lo estúpida que soy. A Ross le importa un comino que lo expulsen.

De pronto, veo a la señora Chan en la puerta. Me quedo perpleja. Entonces desaparece. ¿Fue mi imaginación? Miro rápidamente a Ross y a Jerome, pero veo que no se han dado cuenta.

—Párense —dice Ross, señalando a Scott y a mí—. Recojan todas esas cosas y tráiganlas.

Hacemos exactamente los que nos pide. Yo agarro el casete y Scott la cámara de vídeo.

—Un momento, vamos a calmarnos —Jerome trata de ganar tiempo.

—Éste no es el momento de pasarte para el otro bando —le contesta Ross.

De pronto, el cuchillo apunta en dirección a Jerome. Es un cuchillo de caza y lo pasa tan cerca de mi cara que puedo ver el brillo del filo.

Todo parece suceder en cámara lenta y me pasan un millón de cosas por la cabeza. Nunca había visto a alguien con un cuchillo. En los programas de la tele, probablemente. Pero esto no es lo mismo. Definitivamente no es lo mismo. Me alegro de que no sea una pistola. Éstas son exactamente las situaciones que hacen que la gente se orine en los pantalones. ¡Qué vergüenza! Bueno, si vivo para hacer el cuento. ¿A dónde nos va a llevar Ross?

Por un segundo creo que me estoy imaginando todo esto, pero Ross voltea la cabeza para escuchar algo. En la distancia se escucha una sirena. ¿Cuánto tiempo hace que estamos aquí? Seguro que la señorita Chan llamó a la policía.

Empiezo a temblar y se me cae el casete de la mano con un estruendo.

Ross da un salto y empieza a dar golpes en el aire con el cuchillo.

—Lo siento, lo siento —digo temblando mientras busco el casete sin quitarle los ojos de arriba a Ross. Ross me agarra del brazo con la mano libre y me da un tirón. Jerome y Scott se nos acercan.

—¡Aléjense! —les dice Ross con los dientes apretados. Jerome da un paso atrás inmediatamente. Scott titubea, pero Ross se le acerca y entonces se aleja.

—Nos vamos —gruñe Ross—. Ahora. Ustedes dos irán delante y Jen y yo los seguiremos. ¡Ahora!

—¡POLICÍA! —retumba una voz desde la puerta del aula.

Ross se voltea. Mientra mira a la puerta, Scott lo golpea con la cámara de vídeo. No es un golpe fuerte (tiene sólo una mano), pero es lo suficientemente fuerte para hacerlo tambalear y dar tiempo a que Jerome se le eche encima, tumbándolo al suelo.

Scott me empuja en dirección a la puerta y salgo corriendo de la sala. Afuera hay armas. Policías y armas.

Unas manos enormes me agarran por los hombros y me llevan al pasillo.

—Sáquenlos de ahí.

¿Sáquenlos? Eso quiere decir a Scott también. El oficial Wells está en el pasillo, la señorita Chan con él, en total estado de pánico. Ella debe de haber sido la que llamó a la policía. Es posible que los llamara a ellos primero, en cuanto salió de la sala. Estaría yo loca si no me alegrara de verlos.

Miro hacia la sala a tiempo para ver a Jerome levantarse de arriba de Ross. Se para con las manos en alto, quieto, como en una vieja película de vaqueros. No hay ningún policía frente a él, y los otros se dirigen a la puerta.

Ross parece estar completamente calmado. Se hace un ovillo en el suelo detrás de Jerome. Mira al policía que está frente a él, calculando la distancia, y levanta la mano con la que sostiene el cuchillo. Parece que se lo va a tirar al policía y que al mismo tiempo va a agarrar a Jerome.

Se oyen disparos. Inmediatamente, el oficial Wells nos agarra y nos lleva afuera. Va casi corriendo y yo voy dando tropezones a su lado. Cuando llegamos al jardín estoy a punto de caerme. Comienzo a vomitar allí mismo, en frente de la escuela. Pienso que es mejor que orinarse en los pantalones. Entonces me doy cuenta de que Jerome puede estar muerto.

Capítulo diez

Estoy acurrucada en el viejo y feo sofá de mi casa envuelta en una manta, con un plato de papitas fritas y el control remoto. Debería estar en la escuela, pero mi papá dice que no quiere más estrés en mi vida en los próximos días. Dice que mi cuerpo parece estar bien, pero que mi cerebro necesita un buen descanso.

No creo que mi cerebro esté descansando. El teléfono no ha parado de sonar. La última persona que me llamó fue Jerome.

—Perdóname por haberte metido en este —dijo casi antes de saludarme.

—No, tú no me metiste. Todos fuimos parte del problema desde el momento en que fuimos a la fiesta.

—Es posible.

—Me alegro que no te hirieron.

—¿Pensaste que me habían disparado?

—No supe lo que pasó hasta que no llegamos a la estación de policía. Le tuve que explicar todo con *lujo de detalles* al oficial Wells antes de que me dijera lo que había pasado allí adentro.

—Ross levantó el cuchillo. No sé lo que estaría pensando. Le dispararon en el hombro.

—¡Qué puntería! Me imagino que no te han acusado de asesinato —le digo, y suena como una pregunta.

—Yo creo que me van a acusar de encubrimiento o algo parecido. Pero no me importa. Estoy contento de que todo ya pasó. Jen…no quiero que estemos peleados.

No le contesté, sino que le pregunté:

—¿Tú viste cómo golpearon a Ted Granville?

—Casi todo.

—¿Podrías explicarme cómo sucedió? ¿Por qué nadie los detuvo?

—Al principio parecía sólo una riña. Ted no era el tipo de persona con las que Ross buscaba pleitos. Pero realmente lo enfureció. Yo creo que los padres de Ian le pidieron que cuidara la casa en su ausencia. Ted subió y nos encontró a Ian, Ross, Nate y a mí conversando. Nos dijo que nos fuéramos. Ross había bebido. No más que los demás, pero tú sabes cómo él se pone cuando la bebida y los esteroides se combinan, y algo lo molesta. Dijo que de ninguna manera se iba a marchar. ¿Quién lo iba a obligar? Ahí la cosa empezó a ponerse fea. Ross empujó a Ted, Ted empujó a Ross. Entonces Ross lo golpeó, y Nate lo siguió. Ian se fue, pretendiendo no haber visto nada.

—Y ¿qué tú hiciste?

—Bueno, al principio yo gritaba "denle duro". No me metí en la pelea, aunque ese tipo era un odioso. Y claro, pensé que se merecía la paliza. Luego las cosas se les fueron de la mano. Ted cayó al suelo y no se defendía más. Ross y Nate le siguieron dando patadas. Les grité que pararan, pero no me hicieron caso. Al final, tuve que agarrar a Ross y entonces fue que Nate paró. Parecía que no se daba cuenta de lo que estaba haciendo.

—¿A dónde fue Ross después? Yo no lo vi irse.

—Lo primero que dijo fue que tenía que irse de allí. Sabía que él sería al primero que le iban a echar la culpa. Saltó por la ventana y se fue. Nate y yo decidimos irnos también y nos metimos entre la gente como si nada hubiera pasado.

—¿Y no se te ocurrió llamar a la policía o a la ambulancia? ¿Y si todavía estaba vivo?

Jerome respiró profundamente.

—Me imagino que no usamos la cabeza. Sólo estuvimos de acuerdo en parecer asombrados si alguien nos preguntaba. Todo sucedió en unos minutos. Candi lo vio en cuanto subió.

Estuvimos callados por un minuto, escuchando solamente el ruido de la línea. Finalmente, Jerome me dijo muy bajito:

—Y entre nosotros, ¿todo bien? ¿Igual que antes?

Casi me echo a reír. ¿De verdad él creía que todo era igual que antes?

—No lo creo, Jerome. Pero me alegro de que estés bien.

—No fui yo, Jen. Y en un momento como éste, te necesito.

—Te deseo suerte.

Sé que no fue suficiente, pero no pude decirle nada más. Colgé antes de que me pudiera contestar. El teléfono sonó enseguida, pero le grité a mi papá que no lo contestara.

Papá está trabajando desde casa por primera vez. No recuerdo que jamás haya cancelado una cita con un paciente. Está sentado en la mesa del comedor leyendo los artículos de investigación médica con un marcador en la mano. De vez en cuando me mira, como si quisiera estar seguro de que aún estoy aquí.

—¡Papá, no me mires más así! Me asustas.

Suspira y me dice:

—Me alegro de que estés bien.

—No me pasa nada.

—Debiste haber hablado conmigo. Me lo podías haber contado. Lo que hiciste fue muy arriesgado y peligroso.

—¿Y si no me creías?

Se levanta y viene hasta el sofá.

—Yo te hubiera creído. Te lo aseguro. Yo te hubiera creído.

—Bueno, bueno. —Me encojo de hombros y le sonrío—. Para la próxima.

—Mejor que no haya ninguna próxima.

El momento de ternura entre padre e hija es interrumpido por el timbre de la puerta. Sin esperar a que le contestemos entran Scott y Georgia quitándose los abrigos y las bufandas.

—¡Qué frío hay! —dice Georgia de manera casual como si todo estuviera en perfecto orden—. Dicen que va a nevar esta noche.

Scott no dice nada. Actúa con cautela como si no supiera si tocarme o no.

Mi papá ve la forma en que nos miramos y muy diplomáticamente se disculpa y se va.

—Voy a preparar algo de tomar —dice—. Georgia ¿quieres darme una manito?

—¿Arrestaron a Nate? —es lo primero que le pregunto a Scott cuando papá y Georgia se van.

Scott me dice que sí con la cabeza.

—Ayer llevaron a Ross al hospital, pero tiene un policía frente al cuarto. A Nate lo arrestaron en su casa.

—¿Le diste las botas de Ross a la policía?

Me dice que sí de la misma forma otra vez.

—No sé si han servido de algo. La policía no ha dicho nada más. En las noticias dijeron que hay dos sospechosos presos. No han dicho ni los nombres.

Puedo oír a Georgia y a mi papá hablando en la cocina. Parece que se han puesto a hablar sobre nosotros. Posiblemente estén hablando de mí.

Scott se sienta en el brazo del sofá y me toma la mano. Juega con mis dedos por un minuto y luego me mira.

—Ahora que sabes que Jerome no es un asesino, ¿vas a volver con él? —me pregunta.

—"Técnicamente" él no es un asesino —digo con amargura—, pero no le interesó llamar a una ambulancia, ¿no es así? Vio cómo mataban a alguien y se quedó allí mirando a esa persona desangrarse.

Scott no me responde. Lo miro a los ojos. Papá y Georgia escuchan desde la puerta de la cocina. Sus caras muestran incredulidad y repulsión. Es como si todos tratáramos de no pensar en lo que pasó. Entonces nos acordamos y nos imaginamos la escena, el cadáver en el suelo, la sangre.

Scott me suelta la mano.

La cabeza me empieza a dar vueltas otra vez y mi papá tose.

—Todos necesitamos algún tiempo —dice con un tono profesional—. Vengan otro día, ¿qué les parece?

—Te llamaré —me dice Scott desde la puerta.

—Me alegro. Pero dame un tiempito, ¿está bien? —le digo muy bajito.

Georgia se inclina y me da un abrazo.

—Hiciste muy bien —me dice.

—Hiciste muy, pero que muy bien —dice mi papá, cerrando la puerta detrás de si—. Y por supuesto, estás castigada por el resto de tu vida.

Por lo menos, me lo dice con una sonrisa.